L'Enfant des manèges
et autres nouvelles

ÉTONNANTS • CLASSIQUES

ANDRÉE CHEDID

L'Enfant des manèges
et autres nouvelles

Présentation, notes et dossier par
FRANÇOISE MÉTAIS,
professeur de lettres

GF Flammarion

Les auteurs contemporains, dans la même collection

CARRIÈRE (Jean-Claude), *La Controverse de Valladolid*
CHEDID (Andrée), *L'Enfant des manèges et autres nouvelles*
FERNEY (Alice), *Grâce et dénuement*
GRUMBERG (Jean-Claude), *L'Atelier*
HOLDER (Éric), *Mademoisellle Chambon*
LAROUI (Fouad), *L'Oued et le Consul et autres nouvelles*
ROMAINS (Jule), *L'Enfant de bonne volonté*
SAUMONT (Annie), *Aldo, mon ami et autres nouvelles*
La guerre est déclarée et autres nouvelles
TROYAT (Henri), *Aliocha*
Viou

Édition revue, 2007.
ISBN : 978-2-0812-0199-6
ISSN : 1269-8822

SOMMAIRE

■ **Présentation** 5

Une enfance cosmopolite 5

L'entrée en écriture 6

Le choix de Paris 6

Diversité et unité de l'œuvre 7

Des nouvelles 8

L'Enfant des manèges
et autres nouvelles

La Chèvre du Liban 13

L'Enfant au réverbère 19

L'Enfant des manèges 30

L'Ancêtre sur son âne 43

Les Métamorphoses de Batine 54

■ **Dossier** 73

Qui, quoi, où, quand, comment ? 74

La Chèvre du Liban 76

L'Enfant au réverbère 77

L'Enfant des manèges 79

L'Ancêtre sur son âne 80

Les Métamorphoses de Batine 82

PRÉSENTATION

Une enfance cosmopolite

Née en 1920 au Caire, Andrée Chedid est issue d'une famille libanaise. Ses arrière-grands-parents ont quitté le Liban en proie à des luttes intestines et à des difficultés économiques, pour émigrer en Égypte. Ce pays d'accueil, où vivait déjà une grande diversité de communautés, devint leur terre d'adoption. Certains y firent fortune grâce à un esprit d'entreprise qu'ils tenaient peut-être de leurs ancêtres phéniciens.

Dans le milieu familial, tout le monde parlait arabe et français. Andrée Chedid apprit également l'anglais, grâce à la présence d'une gouvernante britannique. Elle fit ses classes d'abord dans un pensionnat du Caire, puis à Paris durant trois ans. À dix-huit ans, elle retourna en Égypte et poursuivit des études à l'Université américaine du Caire. Ses connaissances en arabe se limitaient à la langue dialectale, mais elle avait depuis l'enfance une extrême attirance pour le petit peuple d'Égypte dont elle aimait l'humour, la bienveillance, et qu'elle évoqua souvent à travers ses romans, son théâtre et ses nouvelles.

L'entrée en écriture

Cette première époque de la vie d'Andrée Chedid est une période fondatrice pour sa pensée, son imaginaire et sa création. « L'histoire avait peu de place dans les récits de mes parents, explique-t-elle dans son récit autobiographique *Les Saisons de passage*. Les clans, les appartenances religieuses ou tribales, avec leur esprit de vengeance, me furent épargnés. Un milieu familial étriqué et conformiste me fut évité. Était-ce la séparation précoce de mes parents, l'immersion dès l'enfance dans des langues étrangères, les voyages, la fréquentation de communautés diverses ? Cette indépendance fut certainement de mon goût ; tandis que les racines me sont souvent apparues comme dévorantes, oppressantes, poussant à l'exclusion.

« Mais je sais d'où je viens, et j'y demeure fidèle. L'Égypte, plus tard le Liban, ressentis l'un et l'autre avec une intensité jamais démentie, peuplent mon imaginaire. »

Andrée Chedid écrit dès l'âge de dix-huit ans des articles pour les journaux et surtout des poèmes. Un journaliste anglais – de passage en Égypte par les hasards de la guerre – lui prédit, après la lecture de ces poèmes et à son vif étonnement, qu'elle sera écrivain. Encouragée par son mari, Andrée Chedid publie ses premiers textes au Caire.

Le choix de Paris

Elle se marie, vit quelques années au Liban, avant de s'établir à Paris en 1946. Elle connaissait bien la capitale française depuis les étés de son enfance, qu'elle y a passés en compagnie de sa mère, et depuis ses années d'adolescence dans un pensionnat parisien. Elle voue aujourd'hui encore à cette ville un grand attachement : « J'aime Paris qui bourdonne et crépite, puis se feutre lorsque la nuit gouverne. J'aime, en plein jour, cette agglomération de vivants, cette animation des corps, ce défilé de visages qui s'effacent ou tracent d'impérissables souvenirs. Je m'anime à son rythme. Je me ternis quand se prolonge l'éloignement. »

Diversité et unité de l'œuvre

Pour construire son œuvre, Andrée Chedid se confronte à tous les genres littéraires, qui lui offrent des moyens d'expression complémentaires : la poésie (cinq recueils), une dizaine de romans, des pièces de théâtre, et trois recueils de nouvelles, *Les Corps et le Temps*, *Mondes Miroirs Magies*, *À la mort, à la vie*.

Toute son œuvre est dominée par la conscience aiguë, toute méditerranéenne, de la fragilité du destin humain, de la promiscuité incessante de la tragédie et du bonheur. La conclusion s'impose alors de l'égalité de tous devant ce destin, au-delà de tous les clivages : ethniques, religieux, sociaux... Ses histoires baignent dans la fraternité, l'amour, la solidarité, la générosité, et suscitent l'émotion, que ce soit la compassion ou la révolte, le rire ou les pleurs. Le cadre de ses fictions, même s'il n'est pas toujours précisément désigné, nous renvoie le plus souvent aux pays attachés aux origines de l'écrivain, l'Égypte ou le Liban, et contribue aussi à donner cette unité à l'œuvre.

Des nouvelles

La nouvelle est apparue en France dès le XVe siècle. Comme le roman, la nouvelle est un genre narratif, mais elle diffère traditionnellement du roman en plusieurs points :

– Elle doit être brève et peut être lue d'une seule traite : la plus longue des cinq nouvelles proposées ici comporte dix-neuf pages.

– L'intrigue doit être constituée d'une seule action : par exemple, la recherche d'une chèvre perdue, dans *La Chèvre du Liban*.

– À la différence du conte, l'intrigue et le cadre de la nouvelle sont vraisemblables et s'inspirent de situations et d'événements tirés de la vie quotidienne.

– Le nombre de personnages est réduit.

– Le récit est linéaire, c'est-à-dire chronologique. Sa chute, c'est-à-dire sa fin, est le plus souvent inattendue.

– La nouvelle n'admet qu'un seul *narrateur* (le narrateur n'est pas l'auteur mais un être de fiction qui peut être extérieur à l'histoire ou un personnage de cette histoire) et un unique *point de vue* (le point de vue est la position qu'adopte le narrateur pour raconter : il peut être omniscient – tout voir et tout savoir – ou ne connaître que ce que perçoit l'un des personnages).

Andrée Chedid affirme avoir toujours aimé les nouvelles : la brièveté du récit oblige à y adopter un rythme, des raccourcis, qui lui semblent bien correspondre à la vie moderne. Ce genre exige de l'écrivain qu'il saisisse en quelques mots seulement l'universalité de l'âme humaine, quel que soit son univers quotidien ou religieux, « quelque chose du mystère des cœurs ».

Les cinq nouvelles proposées ici sont tirées des recueils suivants :
– *L'Étroite Peau* (1978), pour *La Chèvre du Liban*.
– *Mondes Miroirs Magies* (1988), pour *L'Enfant des manèges* et *L'Enfant au réverbère*.
– *À la mort, à la vie* (1992), pour *L'Ancêtre sur son âne* et *Les Métamorphoses de Batine*.

L'Enfant des manèges
et autres nouvelles

La Chèvre du Liban

« Eh ! eh, là-bas ! as-tu vu ma chèvre ? »

Comme une pierre la voix dévala la montagne, tomba dans l'oreille d'Antoun qui gardait ses troupeaux.

Secoué de sa torpeur, il se leva en hâte ; ses vêtements larges l'alourdissaient. Il fit quelques pas, regarda autour de lui, à flanc de coteau et assez loin dans la vallée ; puis il hocha la tête comme pour dire : « Je ne vois rien. » Il se tourna alors vers la montagne, écarta les jambes et, le corps bien d'aplomb, la tête rejetée en arrière, les mains en cornet devant la bouche pour que les mots grimpent mieux (ils avaient bien six cents mètres à parcourir), il cria, du plus fort qu'il put, vers l'homme de là-haut :

« Non ! je ne la vois pas ta chèvre ! »

Ensuite, il revint s'asseoir à l'ombre des trois pins.

La voix qu'il n'entendait plus s'était cependant engouffrée quelque part dans sa tête, battant entre ses tempes. « As-tu vu ma chèvre ? As-tu vu ma chèvre ?... » martelait-elle, insistant sur chaque syllabe. Pour s'en débarrasser, de sa grosse main noueuse, puis de son index recourbé, Antoun se donna de petites tapes sur le crâne.

Un moment après, il pensa qu'il serait bientôt l'heure de rentrer, et il se mit à compter ses brebis. Il les compta par nombre de pattes, c'était la méthode qu'il préférait. Elle aidait à passer le temps. Il y fallait en plus de l'attention, de la mémoire, et Antoun se flattait d'en être généreusement pourvu.

Il y avait vingt-trois brebis, mais pas de chèvre. Pourtant, c'est si bondissant une chèvre ! Tellement fait pour les chemins rocailleux. Si attachant aussi, lorsque, les quatre pattes sur une large pierre, elle vous regarde de côté comme pour se moquer de votre gaucherie.

*
* *

Sitôt qu'il ouvrit la porte de sa maison, Antoun dit à sa femme :

« Chafika, il y a le voisin de la montagne qui a perdu sa chèvre. Tu ne l'as pas vue dans les parages ?

– Non. Mais viens, la soupe t'attend. »

Ah ! Que cette femme parlait peu. Des nids de silence, les filles de ce pays. À longueur de journée, elles plongent leurs bras dans l'eau de linge et de vaisselle ; ou bien font reluire l'envers des casseroles de cuivre et le carrelage des chambres dénudées.

« Il ne doit pas pouvoir manger ce soir !

– Qui ?

– Mais le voisin ! Celui qui a perdu sa chèvre…

– Dépêche-toi, ta soupe sera encore froide. »

Elle s'était levée pour aller vers ses primus [1].

« Je t'ai préparé ce que tu aimes, des feuilles de vigne farcies. Ce sont les premières.

– Il est bien question de feuilles de vigne ! »

Comment pouvait-il être question de feuilles de vigne alors que – là-haut – un homme, un voisin, un frère se rongeait le cœur ? Antoun l'imaginait : il allait et venait dans les bois, il battait les fourrés, le pas nerveux, le front fermé. Il appelait, appelait : « Ma chèvre ! Où es-tu ma chèvre ? » C'est terrible un homme qui appelle ! Ça ne vous laisse plus de repos.

« Il ne dormira pas cette nuit.

1. ***Primus*** : spécialité libanaise à base de feuilles de vigne.

– Qui ça ? »

La femme revenait, portant sa casserole brûlante enveloppée dans un torchon.

« Mais le voisin !

– Le voisin ! Le voisin ! (Chafika haussa le ton.) C'est ridicule, tu ne l'as jamais vu ! Tu ne connais même pas son visage.

– J'ai entendu sa voix… » dit Antoun.

Chafika soupira. C'était inutile de répondre. Quand les hommes s'attellent à une idée, ils se laissent entraîner, tout bêtement, comme des carrioles.

« Mais finis donc ta soupe. »

« Les femmes, songeait Antoun, c'est comme la terre. Toujours à la même place. Elles connaissent les dix façons de faire du pain, d'accommoder les feuilles de vigne, de préparer une soupe ; mais elles naissent et meurent sans rien imaginer ! Elles se lamentent pour une tache sur une robe, une viande trop cuite, pas sur un homme dans la peine ; parce que, prétendent-elles, elles ne l'ont jamais vu ! »

Antoun repoussa la table, se leva :

« Écoute ! »

L'assiette pleine se déversa sur la nappe :

« Je n'y tiens plus… Donne-moi la lanterne, je pars chercher la chèvre !

– Tu es fou ! À ton âge et dans ce froid, tu attraperas la mort.

– Elle est peut-être tout près. Je connais le chemin qui mène chez le voisin. Je connais aussi le sentier des chèvres. »

Antoun s'en irait, elle ne pourrait pas le retenir. Il était comme cela, aboutissant à une décision par coups de tête successifs ; et, celle-ci une fois atteinte, personne ne pouvait l'en déloger.

« Je trouverai sa chèvre, je la trouverai. »

Chafika lui donna la lanterne, et il partit.

*

* *

La nuit descendait par nappes ; bientôt Antoun dut allumer sa lampe.

Il avançait avec précaution ; le chemin tapissé de pierres inégales était plein de pièges. Il visitait les broussailles, faisait claquer sa langue contre son palais ; c'était là sa façon de parler aux bêtes.

Au bout de quelque temps, le vent se leva, et Antoun dut avancer plié en deux. « Chafika a raison, je vais attraper la mort. » Il tira de sa large ceinture un mouchoir de coton qu'il enroula autour de son cou. Et sa coiffe ? Il se demanda ce qu'il devait en faire. La forme cylindrique de ce fez [1] vous empêchait de le garder sous le bras ou de le fourrer dans une poche. Un coup de vent le fit tomber, puis l'envoya rouler dans la vallée. Antoun le regarda disparaître, haussa les épaules et reprit sa marche.

La pente était raide, le vieil homme s'essoufflait. Pour se donner courage il repensa au voisin. Il l'aimait encore plus depuis que, pour lui, il avait quitté sa maison, affronté la nuit. Et la chèvre ? Peut-être était-elle blessée, couchée sur le flanc, terrifiée de tout ce noir autour d'elle, les yeux grands ouverts.

Antoun allongea son chemin pour explorer les sentiers de traverse. Il braqua sa lumière sur le sol pour y chercher des traces. L'âge lui pesait dans les jambes ; la fatigue l'empoignait, il respirait mal. Il aurait voulu s'étendre, dormir. Il pensa à son lit, à ses draps ; des draps d'un blanc dont Chafika avait, seule, le secret. Mais il grimpa, grimpa encore. Jamais ses chaussures ne lui avaient paru si étroites.

La mèche faiblit, se consuma ; la nuit devint totale.

Antoun dut abandonner la lampe et, s'aidant de ses deux mains, faire le reste du trajet sur les genoux.

*

* *

1. ***Fez*** : coiffe blanche ou rouge en forme de calotte portée par les habitants du Proche-Orient.

Posé comme une couronne sur le sommet de la colline, le village s'appelait Pic des Oiseaux, à cause de la prédilection des hirondelles pour ses arbres. Antoun y entra avec l'aube.

Balançant son *urne*[1] à bout de bras, une femme allait vers la fontaine :

« Que le jour te soit clair, ô mon oncle ! »

Une autre, adossée au battant de sa porte, l'interpella aussi :

« Tu viens sans doute de loin, tu portes la fatigue sur toi. Et tes mains, dans quel état les as-tu mises ? Entre vite ici te reposer.

– Je te remercie, je ne peux pas. Je cherche un homme.

– Un homme ? Quel homme ?

– Hier, au crépuscule, un homme de chez vous a crié dans la vallée. Il était malheureux. Il appelait.

– Pourquoi appelait-il ?

– Il avait perdu sa chèvre.

– Ah ! C'est Iskandar dont tu parles.

– Je ne sais pas. Il souffrait... »

Elle éclata de rire.

« Mais qu'est-ce que tu as ?

– Il ne l'a pas perdue, il l'a vendue ! Le matin même avec dix-neuf autres. Le soir, il s'est trompé en recomptant son troupeau. Que veux-tu ; il a tellement de bêtes ! C'est le plus gros propriétaire de la région.

– Tu es sûre ?

– Puisque je te le dis. »

Se laissant choir sur une marche du perron, les coudes sur les genoux, le menton dans les mains, Antoun contempla longuement la vallée et considéra la distance qu'il venait de parcourir.

« Tiens, le voici ! reprit la femme. Sa carriole l'attend un peu plus bas, il va passer devant nous. Une fois par semaine, pour les besoins de son commerce, il fait la tournée des villages, et c'est aujourd'hui son jour. »

---

1. *Urne* : poterie de la taille d'un seau qui servait à puiser l'eau de la fontaine.

Bordé d'un côté par les maisons, de l'autre par le précipice, ici le chemin se rétrécissait.

Le marchand avançait avec assurance, déplaçant l'air de ses larges épaules ; il portait un pantalon de toile blanche, une veste noire, une coiffe rouge.

En passant, il fit un bref salut à la femme. Puis, il toisa du regard cet étranger, couvert de poussière, accroupi sur le porche, et qui ressemblait à un vagabond.

L'Enfant au réverbère

Tony en avait assez de traînailler dans le temple de Karnak[1], au milieu de la cohorte des touristes.

Ses sandales gonflées de sable et de gravillons lui blessaient les pieds. Sa mère l'avait forcé à revêtir un short qui descendait jusqu'aux genoux, avec des chaussettes kaki. Le sommet du ridicule était atteint par ce chapeau de paille à large bord, qui devait le protéger des coups de soleil ; dans la famille, ils étaient les seuls à avoir cette carnation[2] délicate et trop blanche, héritée d'une lointaine aïeule circassienne[3]. Tony se sentait grotesque dans cet accoutrement, et sous cette coiffe. De plus, Noda ne cessait de traiter son fils en marmot, le rattrapant par la main pour le traîner derrière elle :

« Lâche-moi, maman. J'ai quinze ans, je ne suis plus un bébé ! »

Sa mère tourna vers lui son joli visage arrondi, surmonté d'une masse de cheveux châtains et bouclés sur lesquels surnageait le même type de chapeau que celui de son fils. Ce panama était maintenu par un ruban écarlate piqué de fleurettes, qui faisait le tour de la calotte, puis venait se nouer autour du menton.

« Vite, vite, mon chéri. Nous allons perdre le groupe ! »

---

1. ***Karnak*** : ville de Haute-Égypte, sur la rive droite du Nil, abritant les ruines de l'ancienne Thèbes.
2. ***Carnation*** : couleur de la peau.
3. ***Circassienne*** : originaire du Caucase, région montagneuse située au nord de l'Iran.

Tony ne demandait que cela : perdre le groupe, sortir du cortège, ne plus subir la voix nasillarde du guide ! La tête de l'homme long et fluet surgissait par bonds et par à-coups de la marée des autres têtes. Glissant de l'anglais à l'allemand, puis au français, celui-ci s'efforçait, en vain, par des prouesses de mémoire et d'éloquence, de faire vivre la majesté des lieux et leurs splendeurs écoulées.

« C'est ton pays, Tony. Il faut tout de même que tu finisses par la connaître, son histoire. »

Agglutinés les uns aux autres, des enfants en guenilles encerclaient les touristes par intermittence. Avec des gloussements et des œillades, les mains en coupe, ils réclamaient l'aumône, comme une plaisanterie, mais avec une obstination que rien ne démontait.

Ayant épuisé un stock d'insultes, le guide, excédé, finit par lancer des coups de pied dans la masse des gamins. Il fut bientôt rejoint par les voyageurs munis de chasse-mouches qu'ils secouaient dans l'air avant de les abattre, avec un bruit mat, sur les tuniques crasseuses et mobiles.

Même Noda s'était mise de la partie. Indigné, Tony avait arraché le chasse-mouches des mains de sa mère et l'avait piétiné.

« Comment peux-tu faire ça, maman ? »

Un garçonnet, d'une douzaine d'années, portant sur la tête une calotte en coton bleu pervenche, se détacha de la troupe. Il se pencha, ramassa l'objet brisé et le tendit à sa propriétaire en murmurant :

« *Maalesh, maalesh* [1] ! »

Avec un sourire narquois et bienveillant qui redoubla la honte de Tony.

Noda, qui ne s'était intéressée durant des années qu'aux robes, aux cocktails et à son bel intérieur, venait de s'éprendre de la « culture ». C'était dans l'air du temps ! Que ce soit en

1. « Ça ne fait rien, ça ne fait rien ! »

Égypte, en France, en Grèce, en Italie, elle sillonnait à présent les musées et les sites, photographiant à tour de bras et faisant supporter, au retour, à la famille et aux amis rassemblés d'interminables séances de projection de ses diapositives.

« Tiens, si tu veux, je te prête mon appareil de photo », proposa-t-elle à son fils pour l'amadouer.

Il refusa tout net. L'idée seule d'ajouter d'autres vues insipides au nombre de celles qui existaient déjà, d'aplatir les monuments éternels, de banaliser soleils et visages de pierre l'écœurait.

De loin, il entendit les glapissements enthousiastes de la foule, distingua les brefs et fréquents éclats des flashes, tandis que, retranchées dans le silence d'un autre monde, les colossales statues gardaient l'œil fixé sur l'horizon.

Le champ de ruines s'étendait loin. Tony venait d'apercevoir un obélisque qui lui rappela celui de la place de la Concorde. Sa mère saisit la balle au bond :

« Bravo, Tony ! l'encouragea-t-elle tout en consultant son Guide Bleu. L'obélisque de Paris fut offert à la France en 1831 par Méhémet-Ali [1]. L'autre, que tu viens de remarquer là-bas, après les colonnades, c'est celui de la reine Hatshepsout [2]. »

Tony pouffa de rire.

« Pourquoi ris-tu ?

– Tu ne t'es pas entendue prononcer ce drôle de nom, maman ! »

Noda regretta d'avoir emmené son fils avec elle durant ces vacances de Pâques ; il lui gâchait tout son plaisir. Elle fit encore une ou deux tentatives d'explication ; pour elle, pour lui surtout, elle avait potassé son sujet avant le voyage. Elle dramatisa la légende d'Amon [3], le dieu des dieux ; ranima l'histoire de

---

1. ***Méhémet-Ali*** : vice-roi d'Égypte de 1805 à 1848. Fondateur de la dynastie qui régna en Égypte jusqu'en 1952, il est considéré comme le père de l'Égypte moderne.

2. ***Hatshepsout*** : reine d'Égypte au XVe siècle av. J.-C.

3. ***Amon*** : dieu de la mythologie égyptienne personnifiant l'air et le souffle créateur.

Ramsès II[1], l'incomparable conquérant. Mais Tony ne se départait pas de son air distrait, indifférent.

Se souvenant que son fils était particulièrement doué en maths, elle tenta de captiver son attention en alignant une série de chiffres et de mesures :

« Sais-tu qu'un colosse assis fait plus de quinze mètres de haut ? Que les pylônes…

– C'est quoi, des pylônes ?

– Ce sont ces tours massives dressées de chaque côté de la porte de pierre. Eh bien, chacune d'elles fait cent treize mètres de large, quarante-trois mètres cinquante de hauteur et quinze mètres d'épaisseur. Tu te rends compte, Tony, quinze mètres d'épaisseur ! »

S'enivrant de son savoir tout neuf, elle poursuivit :

« Quant au sanctuaire hypostyle…

– Hypostyle, qu'est-ce que c'est ?

– Tous ces mots viennent du grec ancien.

– Du grec ancien ! ironisa-t-il. Depuis quand fréquentes-tu le grec ancien, maman ? »

Son fils frisait l'insolence, Noda se retint pour ne pas le semoncer. Depuis un certain temps, elle se reprochait son inclination pour son aîné ; jusqu'ici, il est vrai, pensionnaire dans un collège religieux, il avait été bon élève et ne lui avait occasionné aucun souci. La puberté venue, cet enfant à moitié orphelin – Noda avait été veuve cinq ans après son mariage – manifestait un esprit de rébellion que seule la virilité d'un père aurait pu mater. Elle le fixa avec indulgence ; ce n'était ni le lieu ni le moment de faire un esclandre ; ni d'agiter l'emblème du respect filial. Elle décida de se contenir ; d'autant plus qu'ils se rapprochaient du bloc des touristes agglomérés autour du guide. Monté sur un tabouret, qu'il traînait partout avec lui, ce dernier débitait sa leçon de la même voix monocorde et grinçante.

1. ***Ramsès II*** : pharaon égyptien du XIIIe siècle av. J.-C.

« Un sanctuaire hypostyle, reprit-elle plus bas sans relever la raillerie, c'est une salle dont le plafond est soutenu par des colonnes. Nous allons y pénétrer dans quelques minutes. »

Elle entreprit aussitôt une nouvelle énumération :

« Cette salle mesure cent mètres de large sur cinquante-deux mètres de profondeur. Le plafond repose sur cent trente-quatre colonnes disposées sur seize rangées. »

Cherchant à concerner son fils, Noda s'échauffait, frissonnait comme si elle récitait le plus beau des poèmes. Elle parvint même à l'attendrir. Tony la trouvait excessive mais émouvante, serrée dans sa robe de coton aux grandes fleurs jaunes, qui comprimait sa poitrine et ses hanches. Ses décolletés, toujours exagérés, laissaient paraître la naissance de ses seins. Perchée sur de hauts talons – elle refusait par coquetterie de mettre des espadrilles –, elle avançait comme un héron, sur des jambes disproportionnées et graciles qui semblaient, sans cesse, sur le point de se briser.

Tony lui offrit son bras, lui sourit. Dans un élan de gratitude, elle l'embrassa. Il avait tellement grandi que le baiser de sa mère atterrit sur son lobe d'oreille, le maculant de rouge à lèvres. Avec son mouchoir en batiste, et de petits rires nerveux, elle s'efforça de gommer les traces incarnates, en s'excusant.

Sa mère l'agaçait et le touchait à la même seconde. Il se demandait, par moments, ce qu'il faisait à ses côtés. Ne se seraient-ils pas trouvés plus à l'aise, l'un comme l'autre, à une distance qui aurait favorisé leur attachement réciproque ?

Tony aurait préféré parcourir les ruines en solitaire : grimper, selon son désir, jusqu'au sommet d'un des pylônes pour contempler, d'un coup d'œil, ce domaine de mort et de survie ; s'asseoir entre les genoux d'un dieu ou d'une déesse ; enfourcher l'un des quarante béliers alignés des deux côtés d'une allée ; se rafraîchir, peut-être, dans l'eau du bassin sacré ?

Le crépuscule couvrait le ciel, préparait sa chatoyante descente sur le parterre de ruines. Tony aurait apprécié la chute du jour sur ces splendeurs énigmatiques s'il avait été entouré de silence. Mais, la bouche en cœur, l'œil humide, Noda l'encerclait de sobriquets ridicules et tendres : « Mon bijou, mon poussin, lumière de mon œil, âme de mon cœur. »

La visite guidée se terminait. L'azur se recouvrit d'une solide teinte d'ébène. Bientôt, s'y planterait une ribambelle d'étoiles.

Au moment où Noda pénétra dans l'une des nombreuses calèches qui ramenaient les touristes à leurs hôtels respectifs, Tony annonça :

« Je rentre à pied. Ne t'inquiète pas, je serai là pour le dîner. »

Il était trop tard pour le rappeler. Après un dernier salut de la main, disparaissant dans une ruelle, Tony avait déjà filé en direction de la petite agglomération avoisinante. Noda se réconforta en se disant qu'il était sage de laisser, parfois, à son fils – surtout pour des choses aussi anodines – la bride sur le cou.

De loin et de dos, elle fut saisie par l'allure, la démarche de son enfant… Déjà celles d'un homme !

*

* *

Tony n'avait aucune idée de ce qui allait suivre.

Il ôta son chapeau de paille, le glissa sous son bras, écrasant la calotte, vida le sable de ses chaussures. Puis, quittant le sol mou pour un sentier d'asphalte, il se remit en marche. Enfin lui-même ; dégagé, libre, heureux !

De loin, il aperçut la grande route qui mène au Caire, mais avança dans la direction opposée, vers le point qui enjambe le canal et conduit au village de Louxor. Pour le traverser, il emprunterait les ruelles qu'il avait repérées sur l'une des cartes du Guide Bleu et notées dans son carnet. Il se rendrait ainsi, à pas lents, jusqu'au Palace Hôtel où sa mère l'attendait pour dîner.

Parvenu à son but, et soudain désireux de s'approcher d'une autre manière de quelques figures colossales, de quelques sphinx à tête humaine, que les touristes avaient comme supprimés, gommés sous leurs gesticulations et leurs paroles, Tony s'éloigna de la petite agglomération. Il bifurqua vers le temple dressé non loin du Nil, en chantonnant.

Sur le parcours désert, éclairé par de rares lanternes, il longea, seul, le haut mur d'enceinte voilé de nuit. Au bout de l'étroit chemin, le cinquième et dernier réverbère abritait, derrière sa cage de verre maculée de poussière, un feu flottant moins anémique que les précédents. Un cercle jaunâtre et lumineux, comme tracé au compas, teintait la parcelle de terrain autour du pied noirâtre.

Adossé à cette tige en fonte, un enfant se tenait accroupi.

En approchant, Tony reconnut la calotte bleu pervenche du garçonnet ; celui qui avait ramassé le chasse-mouches pour le rendre à Noda.

Aucun bruit, aucun pas ne le faisait broncher. Tony s'arrêta, attendit ; cherchant à comprendre la raison de cette immobilité.

Entre les jambes du jeune garçon, posé sur les plis de l'ample tunique rayée, il finit par apercevoir un livre ouvert.

Sur la page nimbée de clarté diffuse, l'enfant poussait son index d'une ligne à l'autre, déchiffrant les mots avec une lenteur appliquée. Il paraissait déguster un aliment inestimable, le savourer, le mâcher ; l'ingurgiter enfin, pour que cette nourriture pénètre dans son sang, fonde dans sa chair, afin de la vivifier.

Par moments, le dos arrondi se redressait ; comme si le lecteur cherchait à ménager, à reposer ses yeux. L'enfant élevait alors son regard vers le temple et le contemplait longuement, tout en continuant de moduler des syllabes ou des phrases fraîchement apprises, pour mieux les retenir.

Quelque chose de recueilli et de fort émanait de toute sa personne.

Tony le fixait de loin, sans bouger. Soudain il s'était mis à entendre les battements de son propre cœur. Soudain ces pierres, cette quête, venues du fond des âges, se conjuguaient au présent. Soudain toute cette Histoire, toute cette légende prenait corps au fond du corps malingre d'un adolescent déchiffrant quelques signes.

Chaque soir, Saïd fuyait les braillements, les bêlements, les vagissements, les cris qui emplissaient sa grouillante masure. Autour de la lampe à pétrole, tassés dans l'unique pièce : son père, sa mère, ses grands-parents, ses neuf frères et sœurs, l'âne et la chèvre cohabitaient.

Chaque soir, retrouvant la posture du scribe antique, Saïd prenait place, au centre du halo diaphane, pour s'absorber dans sa lecture : dégagé, libre, heureux. Lui-même, enfin !

Poussé par une soif singulière, que les ébats du jour, l'aumône incertaine ne parvenaient pas à satisfaire, l'enfant cherchait à connaître, à découvrir : sans savoir où tout cela le mènerait.

Au bout d'un moment, Tony se remit en marche dans la direction du réverbère. Sur la pointe des pieds, il parvint sur l'étroit tapis de lumière et s'immobilisa de nouveau.

L'autre le reconnut instantanément et lui fit signe de s'asseoir à ses côtés.

Tony se débarrassa, le jetant au loin, du large chapeau de paille, qui lui donnait l'air godiche et sage d'un enfant bien né ! En s'accroupissant, il se sentit gêné par l'étroitesse de son short, qui laissait paraître ses cuisses et ses genoux.

Sans y prêter attention, Saïd lui passa le bras autour des épaules :

« Il y a des mots que je ne comprends pas. Tu peux m'aider ? »

Tony acquiesça avec reconnaissance.

Reprenant la lecture, ils s'arrêtaient ensemble sur un mot ou sur un autre. Puis, se remettant à lire, ils s'amusaient à rythmer, à moduler les phrases, offrant à chaque syllabe inflexion et musicalité.

Une heure d'entente et de plaisir venait de s'écouler.

Subitement, se souvenant de sa mère, Tony imagina son inquiétude ; son agitation fébrile la conduirait à lancer toute la police à la recherche de son fils. Il expliqua à Saïd pourquoi il devait, sans tarder, repartir. En se levant, il fouilla au fond de ses poches, amassa une poignée de piécettes qu'il lui tendit.

« Tu n'es pas un touriste, tu es mon frère ! Reprends ça ! répliqua l'autre d'un ton jovial, sans paraître offensé. Comment t'appelles-tu ?

– Tony. Et toi ?

– Saïd. »

À son tour, il tira de sa poche un vieux canif et demanda à Tony de graver son nom sur le pied en fonte noire du réverbère.

« Comme ça, chaque soir, je te retrouverai.

– Je reviendrai.

– Je serai à cette même place. Toujours ici. Toujours. Jusqu'à mon entrée à l'université... »

Il attendit, pour constater l'effet de ces paroles.

« Tu verras, ça arrivera !

– Je te crois. Ça doit arriver. »

Saïd déchira, puis détacha une page quadrillée de son cahier d'exercices mauve et la lui tendit :

« Garde-la. Si, plus tard, tu changes... Si nous changeons, grâce à cette feuille, nous nous reconnaîtrons, partout ! »

Tandis qu'il s'en·allait, Tony se rappela le chapeau à large bord et revint sur ses pas. Il le ramassa et chercha à le dissimuler derrière son dos. Soudain, Saïd lui proposa un surprenant échange :

« Tu prends ma coiffe et tu me donnes la tienne ! »

La proposition semblait le ravir. Saïd se voyait coiffé de ce couvre-chef pour touristes, il imaginait la curiosité émerveillée de sa famille et celle de la troupe des gamins, ses compagnons de mendicité.

Tony ne se fit pas prier. Sur le crâne rasé de son nouvel ami il posa le chapeau de paille, qui s'enfonça jusqu'aux oreilles. Ajustant la calotte bleu pervenche sur la masse de ses cheveux bouclés, il s'éloigna, d'un pas allègre, en direction du Palace Hôtel.

*
* *

Avant de pénétrer dans le hall, Tony prit soin de rouler en boule la petite coiffe en coton pour la fourrer dans sa poche. Il comptait ne rien dire à Noda de sa rencontre.

Dès que sa mère l'aperçut, elle se jeta sur lui. Le serrant dans ses bras, le couvrant de baisers, elle le pressait de questions d'une voix haletante :

« Où étais-tu ? J'étais folle. Dix minutes de plus, j'appelais la police. »

Il répliqua sur un ton emphatique qu'elle ne lui connaissait pas :

« Je visitais les dieux !

– Les dieux ?

– J'ai même rencontré un scribe.

– Un scribe ? À Karnak, à Louxor ? Tu te trompes, Tony ; c'est au musée du Caire que tu as vu le Scribe, avec ses yeux de verre. Souviens-toi, nous étions ensemble.

– N'insiste pas, maman : je te dis que j'ai vu un scribe.

– Bien, bien, c'est comme tu voudras », dit-elle, ne voulant pas attiser la discussion.

Parfois son fils faisait exprès de la faire enrager. Il s'était, sans doute, perdu parmi les ruines, avait pris peur ; à présent, il racontait n'importe quoi pour garder contenance.

« Regarde ! fit Tony, piqué au vif, cherchant à prouver qu'il ne rêvait pas. Regarde ! »

Il lui tendit le feuillet que Saïd avait déchiré de son cahier mauve.

« Qu'est-ce que c'est ?... De la grammaire !

– Exactement : de la grammaire.

– Mais c'est tout ce que tu détestes !

– Plus maintenant.

– Plus maintenant ? Qu'est-ce que tu veux dire ? Explique-toi, au moins. »

Tony était sur le point de parler quand il se sentit bloqué dans son élan par le spectacle de sa mère. Il la trouva trop fardée, trop clinquante. Comment l'écouterait-elle ? De quelle façon traduirait-elle, trahirait-elle tout ce qu'il avait ressenti ?

Noda se repoudrait le nez, se souriait dans son miroir de poche, minaudait en jetant des coups d'œil aux tables avoisinantes, reposait mécaniquement sa question :

« Je t'écoute, Tony. Je ne me trompe pas, n'est-ce pas ? Tu détestais la grammaire ?

– Plus maintenant », reprit-il, résolu à se taire.

Elle chercha encore à le faire céder. Elle caressa sa main, lui promit un vélomoteur pour son anniversaire. Il ne desserra pas les dents.

Apercevant, à l'autre bout de la salle, la table roulante des desserts, Noda appela d'une voix pointue et d'un claquement de doigts le maître d'hôtel. Ces façons horripilaient Tony ; il frissonna, sentit ses pommettes s'empourprer, se renfrogna.

Cherchant encore à appâter son fils dont elle savait la gourmandise :

« Maître d'hôtel, vous servirez une double portion de mousse au chocolat à Monsieur », commanda-t-elle, tout en fixant, avec complaisance, son enfant cabochard et silencieux.

Glissant sa main au fond de sa poche, Tony serra, malaxa, dans sa paume humide, la calotte bleu pervenche et retrouva peu à peu le sourire.

L'Enfant des manèges

Dans un tumulte d'armes et de prières, les Croisés [1] venus de France et des pays avoisinants se rejoignaient jadis sur cette place surmontée d'une imposante basilique.

Religion et batailles allant de pair, ces guerriers exaltés et fiévreux, ces conquérants pénétrés de la vertu de leur cause se préparaient à l'éternelle et féroce tragédie : celle de la foi et des carnages, des conquêtes et de l'épouvante, de l'héroïsme et du sang.

Aujourd'hui – du moins en ce square où ne demeure debout qu'une des tours de la prestigieuse bâtisse –, le tableau est tout autre : jardinet pacifique, population diversifiée, jeux et divertissements.

Juin. Le jour s'étire délicieusement. Des passants de toutes races, de tous âges, de tous accoutrements traversent la place de part en part pour se rendre à Beaubourg, aux Halles, au Châtelet. D'autres flânent dans les allées de ce carré de verdure, promènent leur chien, s'assoient sur un banc.

Dans un coin du square, contigu au boulevard Sébastopol, un manège exécute ses derniers tours.

Un superbe manège, enjolivé de guirlandes et de pompons en stuc, orné de sept glaces ovales. Douze chevaux roux à queue noire, un cheval blanc à crinière, brides et sabots d'or ; enfin, clou de la parade : un féerique carrosse, s'ouvrant sur deux

1. ***Les Croisés*** : au Moyen Âge, chevaliers qui partaient pour les croisades afin de défendre la Croix (la religion chrétienne) et combattre les « Infidèles ».

banquettes en velours cramoisi, le compose et tournoie au son d'une rengaine démodée.

Maxime Balin est fier de sa machine et de son équipement. Fils et petit-fils d'employés de bureau, il se félicite d'avoir échappé, depuis peu, au goulet de la bureaucratie, au milieu étroit des gratte-papier, progressant depuis quelques années des écritures à l'ordinateur.

S'écartant sans chagrin, et pour tout dire avec soulagement, de sa famille, qui aussitôt le traita de « raté et de saltimbanque », Maxime se louait aussi de son célibat. Grâce à cet état, il avait pu, à près de cinquante ans, disposer librement de son existence.

Pourtant, depuis plus d'un an, le découragement le guettait. Les cycles du manège, le plaçant avec régularité face à l'un des sept miroirs, l'obligeaient à affronter son image, brusquement alourdie et voûtée. Son pull-over noir ne dissimulait plus son ventre bombé et mou. Ses joues flasques, son crâne dégarni s'imposaient constamment à sa vue.

Sans être un coureur de jupons, Maxime se flattait de nombreuses et rapides conquêtes ; mais depuis quelque temps le regard des femmes désirables demeurait éteint, terne lorsqu'il les croisait.

En revanche, il récoltait la sollicitude des vieilles dames ! Leurs clignements d'œil, leurs mots de connivence – lui démontrant qu'elles le considéraient, déjà, comme un des leurs – le faisaient frémir.

Les affaires allaient moins bien. Le soir, abattu, le forain recouvrait son installation d'une énorme bâche imperméable, avant de repartir, de plus en plus tôt, vers sa banlieue.

Bientôt Maxime s'appliqua à faire de misérables économies, qui ne renflouèrent guère son entreprise. Ces restrictions, ces calculs, réveillèrent en lui d'ancestrales habitudes qui lui procuraient un certain plaisir. Lésinant, mégotant – comme l'avait fait toute une lignée familiale, sans que jamais leur patrimoine ait prospéré –, il retrouvait, à travers ces manœuvres étriquées et prudentes, une tradition d'épargne et de prévoyance qui, jusqu'ici, lui avait fait défaut.

Pour diminuer les frais d'électricité, il n'alluma plus les lampions. Pour ne pas acheter de nouvelles cassettes, il remettait sur son électrophone des airs qui avaient disparu de tous les « top » en renom. Pour éviter d'embaucher une aide durant les périodes de congé scolaire, il élimina les bâtonnets en bois, la panoplie des anneaux suspendus ; et, par suite, les sucettes distribuées aux vainqueurs.

Il éprouvait une certaine satisfaction à punir, de cette manière, ces gamins pourris par la télé ; à sanctionner ces enfants d'aujourd'hui, de plus en plus gâtés, de moins en moins innocents, que les manèges, avec leurs chevaux de bois, leur mouvement giratoire, leur carrosse en stuc, ne faisaient plus rêver !

Maxime devint mélancolique, avaricieux. Il se cuirassa dans des sentiments amers.

*
* *

Pour la treizième nuit consécutive, le jeune Omar-Paul fit le tour du manège.

Entre les heures de classe, il l'avait vu en fonction. Médusé, émerveillé, il rêvait d'y faire un tour. Mais l'enfant n'avait pas un sou en poche. Le propriétaire, à l'air revêche, ne lui ferait certainement pas crédit.

Ébloui par ces chevaux caracolant sur place, Omar-Paul s'était balancé au rythme de la musique d'accompagnement.

Séduit par le rutilant carrosse, entrouvert comme un accueillant logis, il pensa aussitôt à sa maison. Au peu qu'il en restait, là-bas, déchiquetée par les bombes !

Le jeune garçon observait les passants. Ceux-ci traversaient le square d'un pas léger, insensibles aux plaisirs qui s'offraient à leur vue, inconscients du seul bonheur d'aller et de venir sans risquer la mort à chaque carrefour.

Sa ville, quittée depuis quelques mois, lui revint douloureusement en mémoire.

Ici, les grands arbres debout côtoient de robustes bâtiments. Là-bas : des îlots en ruine ! Des arbres fracturés au fond de crevasses, des immeubles balafrés, effondrés, des murs criblés de balles…

Quelques-unes de ces balles l'avaient rendu orphelin. L'une d'elles lui avait traversé la joue. Une autre l'épaule, lui arrachant le bras gauche.

Recueilli par des cousins âgés et sans enfants – émigrés de longue date sur les rives de la Seine – Omar-Paul était vif, débrouillard. Ses hôtes, commerçants industrieux et débordés, le laissaient jouir d'une totale liberté.

Dès son arrivée, sa famille lui fit connaître tout le quartier :

« Tu trouveras tout ce que tu cherches par ici. Pas besoin d'aller plus loin. »

Questionné à propos de cette tour bizarrement solitaire, le cousin, qui se piquait de bien connaître l'Histoire, expliqua :

« Dans le passé, des hommes d'armes, accourus de tout l'Occident, se réunissaient sur cette place. De là, ils se mettaient en route pour la reconquête des Lieux saints et pour propager la “bonne parole”.

– Quelle “bonne parole” ? » demanda l'enfant.

Lui-même en possédait deux. Par sa mère : la parole évangélique ; la parole coranique[1], par son père. Cette union n'avait pas cessé de poser des problèmes à l'entourage. Très tôt, Omar-

---

1. ***La parole évangélique*** : la croyance inspirée du Nouveau Testament, dans la Bible, le livre sacré des chrétiens ; ***la parole coranique*** s'inspire du Coran, le livre sacré des musulmans.

Paul en avait tiré ses propres conclusions, qui le laissèrent à la fois tolérant et sceptique. Son nom composé témoignait d'une alliance. Il était résolu à en maintenir le symbole avec courage et fierté.

« Quelle bonne parole ?

– La parole de Dieu », répliqua le cousin.

Pressentant derrière ces mots abusifs d'autres événements sanglants, d'autres carnages, d'autres tourments, semblables à ceux que des hommes de tous bords subissaient dans son pays aujourd'hui même, l'enfant se mit brusquement à trembler de tous ses membres.

« Dieu n'est pas un assassin !

– Qu'est-ce que tu as ? Qu'est-ce qui t'arrive, petit ? »

Ses proches ne parvinrent plus à lui tirer une seule parole. Les lèvres serrées, le corps raidi, glacé, Omar-Paul s'enfonça dans le silence jusqu'au lendemain.

*
* *

La treizième nuit, face au manège, cette discussion lui revint en mémoire.

Sa cité meurtrie se projeta devant lui en redoutables images. Il revit ces visages familiers, fraternels, soudain métamorphosés en masques hideux et grimaçants.

À l'exemple de ses parents, Omar-Paul refuserait de choisir, de haïr. Pourtant son père et sa mère étaient morts. Tous les deux, comme tant d'autres. Morts et enterrés !

Ces souvenirs, que personne d'ici ne pouvait partager, lui firent mal. Si mal qu'il ne songea plus qu'à étouffer ses sanglots, qu'à trouver un refuge où se terrer.

C'est alors qu'il songea au carrosse. Il s'y blottirait. Il se recroquevillerait sur la banquette de velours capitonné, douce, moelleuse comme la poitrine de sa mère.

Omar-Paul repéra l'emplacement. Puis il souleva un pan de la bâche et se glissa avec un soupir de soulagement dans l'éclatante calèche.

Là-dedans, à l'abri, il se déchaussa.

Couché en chien de fusil, bercé par les ressorts, il s'endormit, peu à peu, comme un bambin au fond de son landau.

*

* *

Au petit matin, Maxime reparut.

Les journées lui paraissaient longues, fastidieuses. Une série de corvées l'attendaient : ôter la bâche, s'appliquer à la replier, huiler les essieux, astiquer les miroirs, briquer les chevaux de bois, faire briller le carrosse ! La poussière se nichait partout ; il la prendrait en chasse toutes les vingt-quatre heures.

Fallait-il songer à la retraite ? Maxime Balin en repoussa l'idée. Comment ferait-il pour occuper tout ce temps libre ? Comment rembourserait-il les dettes que lui avaient valu l'achat et la rénovation de son manège ?

À proximité du square, le forain fixa avec irritation ce campanile en manque d'église !

Il aurait aimé pourtant pénétrer dans une chapelle proche. Plonger sa main dans le bénitier. Avec l'eau sainte, se rafraîchir le front, les lèvres, le cœur.

La vue de cette tour sans suite, de ce clocher sans carillon, de cette flèche sans objet, accentua sa mauvaise humeur.

Ayant soulevé la bâche avec des gestes précis et exaspérés, Maxime poussa soudain un cri aigu.

Il venait de découvrir, enroulé au fond du carrosse, un gamin chevelu que ses vociférations réveillèrent en sursaut.

D'un bond, le forain se jeta sur la porte du carrosse, qu'il ouvrit précipitamment. Il saisit, par son unique bras, le vagabond engourdi et le tira vers la sortie.

« Dehors ! hurlait-il. Dehors ! »

Retrouvant peu à peu ses esprits, l'enfant cherchait à se disculper :

« J'étais venu faire un tour de piste. Il n'y avait personne.

– Un tour de piste, en pleine nuit ?

– Chez nous, c'est toujours la nuit ! articula le gamin.

– Où ça, chez vous ? »

Omar-Paul ne répondrait pas à cette question. Certains lieux ne peuvent se décrire. Les nommer ne ferait qu'augmenter le sentiment d'abandon et de solitude que procure l'indifférence de ceux qui ne savent pas.

Maxime rompit le silence :

« Je m'en fous de savoir d'où tu viens ! Je sais que, fagoté comme tu l'es, sans chaussures aux pieds (il n'osa pas parler du bras manquant), je ne t'aurais jamais laissé monter sur mon manège !

– Mes souliers sont dans ton carrosse, riposta l'enfant. Et il faudra me les rendre !

– M'en débarrasser, tu veux dire. Et toi, avec ta vermine, au plus vite ! Tu vas voir ça !

– De la vermine, je n'en ai pas. Jamais eu ! Regarde. (Il secouait son abondante chevelure noire et bouclée.) Dis-moi si tu trouves un seul pou là-dedans ?

– Tire-toi ou j'appelle la police ! »

Ces menaces n'effrayèrent pas l'enfant. D'un coup d'œil il avait jaugé l'individu qui lui faisait face. Derrière ses injures, son irritabilité, l'homme était fragile, sensible ; et même compatissant. À cause de tout ce qu'il avait vécu dans sa patrie détruite, Omar-Paul avait acquis, malgré son jeune âge, une exacte perception des humains ; un jugement sur l'existence et sa précarité, qui le rendait à la fois souple et patient.

« Pourquoi "je m'en fous" ? Pourquoi "tire-toi" ? Pourquoi "la police" ? Pourquoi me parles-tu avec ces mots-là ? »

Dressé sur la pointe des pieds, l'enfant tenta d'ancrer son regard dans celui de son interlocuteur :

« Ne te fâche pas. Utilise-moi, tu ne le regretteras pas.

– T'utiliser ? avec ton seul bras ? À quoi peux-tu me servir ?

– Primo : en t'aidant, je rembourserai ma nuit dans ton carrosse. Secundo : je nettoierai ton manège, j'en ferai un bijou. Tertio : je t'offre tous mes services gratis ! »

Sentant qu'il touchait là un point sensible, Omar-Paul insista :

« Tu m'entends : gratis ! »

Avant que Maxime ait pris le temps de lui répondre, l'enfant, s'étant emparé des chiffons, du plumeau, du balai et des produits d'entretien, se mit à frotter, à brosser, à astiquer en chantonnant.

Se servant de son seul bras et de ses jambes musclées, il grimpa ensuite sur la toiture pour polir la coupole écarlate.

« Quel singe ! s'exclama Maxime, mi-admiratif, mi-dédaigneux.

– Malin comme un singe ! » répliqua l'enfant, détournant l'expression en sa faveur.

Quelques minutes après, il se planta devant Maxime :

« Je te ferai, aussi, un spectacle.

– Un spectacle ?

– Je fais rire. Rire jusqu'aux larmes ! »

Omar-Paul buta sur ce dernier mot. Il évoquait trop de vrais déchirements, trop de deuils réels. Il se reprit :

« Rire à se tordre !... Donne-moi de la peinture, des chiffons, et tu verras. »

Il disparut dans le réduit. S'attifa et se grima, coincé entre l'électrophone, la machinerie et le tiroir-caisse.

Maxime éprouva un vague soupçon, qu'il repoussa aussitôt. Depuis l'apparition du gamin, oscillant entre le rejet et la sympathie, des sentiments contradictoires l'agitaient.

Piqué par la curiosité, il résolut de se laisser faire. Bientôt, avec l'impatience du spectateur avant un lever de rideau, il se surprit à guetter la prochaine apparition du singulier garnement.

Cheveux écarlates, face multicolore, yeux et bouche orange et agrandis, Omar-Paul se présenta devant le forain qui le fixait bouche bée.

Un plumeau, à la place du bras manquant, lui donnait l'apparence d'une créature bizarre, mi-humaine, mi-volatile. L'enfant déambula, les pieds en dedans, dodelinant des hanches, lançant de rapides coups de langue qui lapaient l'air.

Maxime éclata de rire :

« Quel bouffon ! »

*

* *

Bientôt les gens affluèrent, fascinés par ces clowneries. Entraînant les adultes, des masses d'enfants prenaient d'assaut le manège, s'y agglutinaient jusqu'aux heures de fermeture.

En fin de journée, Maxime et le gamin replaçaient ensemble la lourde bâche. Toutes ces activités, tous ces jeux les rapprochaient.

Au bout d'une semaine, Maxime félicita l'enfant et lui demanda comment il se nommait.

« Omar-Paul.

– Omar-Paul ? Ça ne colle pas ensemble, ces deux prénoms !

– Je m'appelle Omar-Paul, insista-t-il.

– Il faudra trouver autre chose.

– Ne touche pas à mon nom ! »

Le ton devint vif, cassant. Malgré la nature affable de l'enfant, Maxime sentit que celui-ci pouvait opposer un mur inébranlable à tout ce qui le heurtait.

« Je ne voulais pas t'offenser.

– Tu pourrais joindre un troisième nom aux deux premiers, reprit l'enfant, soudain conciliant.

– Un troisième nom ? et lequel ?

– Appelle-moi : "Omar-Paul Chaplin". »

Le garçonnet vouait un culte à ce « Charlot », maltraité, comme lui, par les faits et les hommes ; broyé, comme lui, par les calamités. À ce « Charlot » qui savait, d'un coup, divertir du malheur par le mime, les singeries et le rire.

« "Chaplin" ? Tu crois vraiment que c'est une idée ? »

Ce cosmopolitisme ne lui disait rien de bon.

« C'est une bonne idée. Elle te rapportera gros. »

Omar-Paul possédait un sens inné des affaires. Depuis l'Antiquité, ses ancêtres avaient navigué, échangé, installé sur tous les rivages de la Méditerranée des comptoirs de commerce multiples et fructueux.

« Tu mettras plusieurs affiches autour du square, avec mon nom en grand.

– Et ta famille ? Tu as bien une famille. Qu'est-ce qu'elle pensera de tout cela ? Je veux être en règle. Je ne veux pas d'ennuis. »

La famille, Omar-Paul s'en débrouillerait ! Il leur expliquerait qu'après un temps d'apprentissage le forain le rétribuerait. Il leur promettrait aussi d'aller à l'école du soir. Absorbés par leurs affaires, ses cousins seraient soulagés d'apprendre que l'enfant, choqué par la guerre et la perte des siens, venait de trouver un emploi divertissant.

« Clown ! » « Charlot ! » Avec sa tête de farce, ses pieds en dedans, les coups d'aile de son bras-plumeau, Omar-Paul Chaplin prêterait à rire à son tour.

Des rires, des éclats de rire pour répondre à la folie des hommes et à l'absurde mort !

« Je te vois venir, bientôt tu me demanderas un salaire.

– Gratis ! assura l'enfant. Toi, tu paies l'affiche, tu me laisses faire des tours sur ton manège. Et moi je fais le reste : gratis !

– Allons-y pour "gratis" ! » conclut Maxime, satisfait.

Ce gamin l'avait-il possédé ? ou bien était-ce le contraire ? L'homme haussa les épaules, l'aventure l'avait mis en appétit.

L'affiche fut bientôt prête. L'enfant en avait choisi les caractères, le style, le coloris. « Omar-Paul Chaplin » se détachait en rouge et en majuscules.

Omar-Paul courait autour du manège, blaguant, dansant, bonimentant. Puis, brutalement, son délire comique se fracassait contre un mur invisible. Il lui échappait alors des phrases disloquées, des paroles déchirantes qu'il accompagnait de l'étalage de son moignon. En gestes, en mots brefs, il évoquait : un pillage, un massacre, une agonie.

Puis, aussi subitement, l'enfant recouvrait, camouflait l'horreur sous des pirouettes et des pitreries.

Tantôt debout sur le cheval blanc, tantôt affalé sur l'un des chevaux roux, tantôt bondissant comme un diable hors du carrosse, Omar-Paul virevoltait d'une pièce à l'autre du manège.

Les enfants ne cessaient d'accourir. Les parents déboursaient sans se plaindre.

Les affaires prospéraient. Maxime fit l'acquisition des derniers disques en vogue, allumait les lampions avant le crépuscule. Il songea même à reprendre la distribution des sucettes.

Un après-midi, il prit place dans le carrosse. Se laissant aller au mouvement giratoire et aux balancements, il sifflotait au rythme d'une chanson à succès. Il se sentait heureux.

Les mères et les accompagnatrices lui parurent de plus en plus juvéniles. Au bambin de l'une d'entre elles – la brune au regard mélancolique, aux robes tapageuses et flamboyantes, qu'il avait surnommée la « femme-coquelicot » – il offrit une tournée sur le cheval blanc. Il espérait, par ce geste magnanime, obtenir, plus tard, quelques faveurs.

Au mois d'août, les cousins d'Omar-Paul partirent en vacances pour l'Auvergne. Maxime aménagea une place pour l'enfant chez lui. Aucun des deux n'avait envisagé la fermeture du manège.

Bientôt le forain désira doter l'enfant manchot d'une prothèse. À ses frais, il l'emmena chez l'orthopédiste. L'essai du bras de rechange fut concluant.

Maxime redevenait généreux, tonique. Il invita la « femme-coquelicot » à dîner. Cette nuit-là, il fut heureux d'apprendre qu'elle était divorcée. L'enfant qu'elle promenait n'était pas le sien, mais celui d'une amie qu'elle dépannait durant les week-ends.

« Je m'appelle Madeleine. »

Deux années filèrent ainsi. Des années radieuses !

Madeleine venait tous les soirs. Le manège brillait de mille feux. La réputation d'« Omar-Paul Chaplin » avait franchi les deux rives de la Seine.

*

* *

Je m'absente toute la journée, annonça Maxime un matin d'hiver.

« Où vas-tu ?

– C'est mon secret. »

Il ajouta, l'air malicieux :

« Un jour, Omar-Paul, je te le dirai. »

À huit heures du soir, Maxime ne reparut pas. Il faisait frisquet sur la place. Sauf Madeleine, il n'y avait personne près du manège. La jeune femme aida Omar-Paul à remettre la bâche en place. Puis tous deux se réfugièrent dans le réduit.

Le square déserté se givrait lentement.

Il fut bientôt neuf heures. Bientôt onze heures. Puis minuit.

Inquiets, la femme et l'enfant se précipitèrent à l'appartement. Maxime n'y était pas. Ils cherchèrent partout ; mais ne trouvèrent aucune enveloppe, aucun message.

Aux heures d'attente succédèrent de fébriles recherches, d'hôpitaux en commissariats.

Le lendemain matin, ils apprirent que Maxime, légèrement éméché, avait été renversé par une voiture, place de la Concorde.

Ils le retrouvèrent dans une salle de réanimation, attaché par des sangles, amarré à des tuyaux. Il respirait avec peine.

« Le pauvre homme, il délire, chuchota l'infirmier. Il ne fait que réclamer Chaplin ! Vous savez : "Charlot". »

Au bout de trois jours, Maxime reconnut l'enfant. Celui-ci et Madeleine, dont la robe fuchsia illuminait les murs grisâtres, se tenaient par la main. Le médecin les avait prévenus : il ne restait aucun espoir de sauver le forain.

Pourtant Maxime souriait et remuait les lèvres. Omar-Paul se baissa, tendit l'oreille.

« Tu as quatre noms à présent…

– Repose-toi, Maxime. Il ne faut pas te fatiguer.

– Laisse-moi… parler, marmonna-t-il.

– Écoute-le, dit Madeleine. (Sa main tremblait dans celle de l'enfant.) Je t'en prie, écoute-le.

– Maintenant, tu t'appelles : Omar-Paul Chaplin-Balin. »

Le mourant s'arrachait chaque mot de la gorge, avant de sombrer.

Puis, dans l'heure qui suivit, émergeant plusieurs fois du coma, il répéta comme une joyeuse rengaine :

« Gratis, Gratis. GRATIS ! »

Pour la dernière fois, Maxime et Omar-Paul échangèrent leur mot de passe :

« Gratis, gratis. GRATIS ! » reprirent-ils en écho.

Une semaine après, l'enfant apprit par le notaire que Maxime avait signé, à son bénéfice, un acte d'adoption.

Il y travaillait depuis des mois.

Ce jour-là il s'était attardé au bistrot pour fêter l'heureux événement. Il rapportait sous le bras un magnum de champagne, pour trinquer ce même soir avec Madeleine et le gamin.

La bouteille fracassée avait été trouvée à ses côtés.

Ses bulles pétillantes, aériennes, pleines d'arôme, se mélangeaient à la lente coulée du sang.

L'Ancêtre sur son âne

À califourchon sur son âne gris, de larges pantalons bistre serrés aux chevilles, les pieds dans des babouches en cuir jaunâtre qui décollaient sans cesse de ses talons, la chemise en grosse toile à manches longues sous un gilet de drap noir, un fez rouge légèrement penché à gauche sur ses cheveux qui s'éclaircissaient : c'est ainsi que l'ancêtre arpentait, vers les années 1860, les souks[1] du vieux Caire, pour vendre ses bouchons de liège. Deux sacs, remplis à ras bord, étaient suspendus de chaque côté de sa monture.

Célibataire à plus de trente ans, Assad avait quitté son Liban natal depuis peu. La famine s'y annonçait. Les luttes tribales ou confessionnelles[2] – débouchant sur des massacres sporadiques[3], puis sur des vengeances à longue portée – dénaturaient tous les rapports. Dénué de haine et d'esprit de clan, auxquels les siens cherchaient à le contraindre, Assad décida de s'exiler.

Emportant plusieurs balles de liège provenant des écorces de chênes de sa région, il embarqua sur un voilier en route pour Alexandrie.

Dès qu'il mit pied à terre sur ce sol étranger, Assad sentit naître en lui un instinct de débrouillardise qui, jusque-là, lui avait

---

1. ***Souks*** : marchés orientaux.
2. ***Les luttes tribales ou confessionnelles*** : conflits opposant les membres de différentes « tribus » (clans ou familles) ; ces luttes peuvent avoir, comme ce fut en partie le cas au Liban, des motifs religieux (confessionnels).
3. ***Sporadiques*** : qui se produisent de temps en temps, de manière irrégulière et imprévisible.

fait défaut. Il se dirigea vers la capitale, trouva facilement à s'y loger, et fit l'acquisition d'un âne qu'il nomma Saf-Saf. Ces syllabes sans signification, qui sonnaient tendres et vives, lui étaient venues spontanément aux lèvres. À partir de ce jour, Saf-Saf lui servit de boutique, de moyen de locomotion et de confident.

Son commerce devint un jeu. Tailler des bouchons de toutes dimensions exaltait son ingéniosité. Rencontrer d'autres commerçants, visiter leurs échoppes, échanger des informations, plaisanter autour d'une tasse de café ; offrir à son tour, d'un bocal ventru suspendu à sa selle, du sirop de mûre dans un gobelet d'étain qu'il faisait briller avec une peau de chamois, tout contribuait à son plaisir.

Dans son propre village, la population – accueillante aussi, mais plus hâbleuse, plus fanfaronne que celle d'ici – le rendait timide et silencieux. À l'opposé, il se sentait à l'aise parmi ce peuple d'Égypte, souvent misérable, mais rieur et bienveillant.

Lorsque les échanges se prolongeaient, Saf-Saf brayait, frappait le sol de ses sabots, soulevant des vagues de poussière. Assad le calmait avec des morceaux de sucre dont il avait les poches pleines. D'autres fois, pour le choyer, il ornait son cou d'une série de colliers à perles bleues destinées à chasser le mauvais œil. À cette superstition, comme à d'autres, Assad ne croyait guère.

Le soir, partageant avec son âne une chambre qui donnait sur une impasse malodorante, il se rattrapait en caresses, en paroles résumant ses journées :

« Saf-Saf, mon frère, que ferais-je sans toi ! Notre négoce tourne si bien que j'ai déjà épuisé mon stock de liège. Il faut que j'en fasse venir de grosses quantités de mon village. Bientôt, je doublerai ta ration d'avoine. Je m'achèterai un gilet neuf et d'autres pantalons. »

Satisfait de son existence, Assad n'imaginait aucun autre profit à tirer de ses gains.

C'est alors qu'intervint un de ses coreligionnaires[1]. Émigré depuis une vingtaine d'années, celui-ci – qui tenait au Caire un commerce d'orfèvrerie – lui proposa un placement.

1. ***Un de ses coreligionnaires*** : un adepte de la même religion que lui.

« Un placement ?

– Tu me confies une somme d'argent, et par saint Antoine je te déniche une juteuse affaire ! D'ici peu, je te rends le double, peut-être même le triple ! »

L'orfèvre ne croyait pas si bien dire. Assad lui confia, avec reconnaissance, cet argent qui lui brûlait les doigts, et qu'il était sur le point de distribuer. L'homme lui acheta un terrain en banlieue, vendu à vil prix par un Turc dont les affaires périclitaient.

En moins de rien, ce terrain décupla de valeur. Muni d'une procuration, et touchant de larges bénéfices à chaque transaction, l'orfèvre revendit cette propriété pour réinvestir aussitôt la somme dans l'achat d'autres terres plus éloignées. Et ainsi de suite. Jusqu'au jour où Assad et lui-même se trouvèrent à la tête de quelques centaines d'hectares représentant une fortune considérable.

Indifférent aux progrès de son placement, Assad continuait de vaquer en toute tranquillité à ses occupations.

Un soir, apprenant l'étourdissante nouvelle, il eut l'impression qu'on venait de jeter un énorme rocher au fond du lac paisible de son existence !

À partir de là, comment agir ? Il ne pouvait plus ignorer la situation, ni son nouveau statut. Les voisins et les membres de sa communauté – il n'avait guère fréquenté ces derniers jusqu'ici, préférant se mêler à la population locale – se chargeraient de les lui rappeler.

Ses compatriotes comblèrent Assad d'égards. Insistant sur leur commune origine, ils découvrirent, fort opportunément, d'innombrables liens de parenté entre eux. Ils lui conseillèrent de s'établir au plus tôt, se faisant fort de lui trouver une épouse de même ascendance : chrétienne, à peine pubère de surcroît. Chaque famille avait une fille en réserve à lui offrir. Assad abordait la quarantaine – un âge déjà avancé pour l'époque –, il était urgent qu'il songeât à faire de nombreux enfants qui deviendraient ses futurs héritiers.

Saf-Saf, ce soir-là, n'arrêta pas de braire sur un ton pathétique. Sucre, avoine, caresses ne parvinrent pas à l'apaiser. Il fixait son maître avec d'immenses yeux bruns noyés de tristesse, comme s'il pressentait pour tous deux un sombre avenir.

Il ne se trompait pas.

*

* *

Du jour au lendemain, Assad se trouva en possession de vastes plantations réservées à la culture du coton et louées à de petits cultivateurs. D'autres terres attendaient d'être correctement exploitées.

Par un des premiers trains circulant en Égypte, Assad emmenait chaque fois Saf-Saf avec lui vers cette campagne lointaine. Ils y passaient de longues semaines, retrouvant le plaisir des balades et des échanges passés.

Les champs remplaçaient les souks, les chemins sablonneux se substituaient aux ruelles, les canaux d'eau boueuse évoquaient vaguement le grand Nil qui traverse la capitale.

Partageant avec les paysans leur repas au pied d'un arbre, écoutant leurs doléances et promettant d'y remédier, les visitant dans leurs masures, les rassemblant sur la terrasse de sa demeure après avoir tué le mouton en leur honneur, Assad éprouvait presque le même entrain, la même gaieté que jadis durant ses randonnées dans la vieille ville.

Au milieu de ces hommes, Assad – que sa richesse mettait mal à l'aise tant elle lui semblait un déguisement – se sentait moins exclu de sa propre peau. Saf-Saf, qui le transportait ou qui trottait à ses côtés, secouait joyeusement sa queue pour chasser les mouches, hochait la tête avec allégresse pour faire tinter la masse de ses colliers.

*

* *

Ce bonheur ne pouvait durer !

Son épouse aux yeux verts, la plantureuse Asma, bientôt mère d'un fils, puis d'un deuxième, puis d'un troisième… prit rapidement de l'ascendant sur son époux.

La belle-famille s'enorgueillissait de descendre d'une lignée de notables. Elle se vantait de domaines, de possessions, hélas perdus dans des luttes fratricides [1] qui avaient mis à feu et à sang leur pays d'origine, les forçant à l'exil. Pour toutes ces raisons, la tribu familiale estimait que, ayant consenti à une mésalliance en donnant une des leurs à un « vendeur de bouchons », elle ne pouvait pousser plus loin ses concessions. Chacun taxa la simplicité d'Assad de niaiserie : « Il a bien choisi un âne pour meilleur compagnon ! »

Son attitude ne pouvait qu'induire en erreur ces paysans ignares qu'il traitait comme des proches. Entre ses mains ineptes, l'exploitation agricole irait à sa perte. Il était donc de leur devoir d'assurer le bien-être d'Asma, de ces « chers petits » qui ne cessaient de naître, et de rendre inoffensif ce bougre : « Son ignorance est telle qu'il appose au bas des documents une croix et l'empreinte de son pouce en guise de signature ! »

On pria Assad – en l'intimidant par des arguments juridiques – de renoncer à ses séjours à la campagne pour s'occuper exclusivement des exportations de coton et de canne à sucre. Des bureaux seraient bientôt installés dans la cité. Il en assumerait la direction, épaulé – cela allait sans dire – par deux de ses beaux-frères et par l'oncle Naïm. Ce dernier, un vieillard despotique, avait été promu au rang de « patriarche [2] » depuis le décès de son aîné, le père d'Asma.

*

* *

1. ***Luttes fratricides*** : luttes qui opposent des « frères », c'est-à-dire les personnes d'une même communauté, au sens large (famille, pays, religion, etc.).
2. ***Patriarche*** : homme âgé se trouvant à la tête d'une nombreuse famille où coexistent plusieurs générations.

La villa blanche, bâtie à l'italienne, avec porche en marbre, colonnades, balcons, possédait plus de vingt pièces.

Un grand jardin l'encerclait. Une tonnelle de roses trémières, du gazon toujours vert, des bosquets de rhododendrons, des arbustes de laurier, des parterres de roses, de glaïeuls, de chrysanthèmes, des bordures de capucines ou de pensées étaient constamment maintenus en état par les soins de trois jardiniers.

L'ensemble manquait d'arbres. Un seul, le banian – déjà sur le terrain au moment de la construction –, avait été sauvegardé par l'architecte. Avec ses multiples racines, il occupait la partie est du jardin. Ses branches noueuses et séculaires servaient d'ombrage à Saf-Saf.

« Je ne veux pas que ce ridicule animal rôde autour de la maison et soit remarqué par les invités », grommelait Asma.

Attaché à une corde – qu'Assad avait pris soin d'allonger au maximum –, l'âne bridé, faisant mine d'oublier cette contrainte, trottait à tout bout de champ autour de l'arbre.

Dès qu'il apercevait son maître, Saf-Saf se campait devant lui et le fixait de ses yeux aimants. Pour se faire pardonner, Assad multipliait ses rations d'avoine, de sucre et d'accolades.

Pour certaines décisions, Assad ne transigeait jamais. Quoi qu'en pensent ses proches, il garderait toujours Saf-Saf auprès de lui. Laissant aux autres leur mode de vie, il tenait au sien, et s'y agrippait.

Il s'était fait bâtir une chambre-cellule reliée à la bâtisse principale par un étroit et long couloir. Peinte à la chaux, elle ne contenait qu'un lit, une chaise, une table. Punaisée au mur, une photo jaunie de lui-même à califourchon sur son âne – trimbalant les « sacs à bouchons » – évoquait un passé serein et enjoué.

Une porte-fenêtre ouvrait sur le banian. De tous les recoins de sa pièce, Assad pouvait ainsi contempler d'un même coup d'œil l'arbre et l'âne.

Asma surnommait ce greffon « une immonde pustule qui défigure l'imposante demeure ».

En s'y dirigeant plusieurs fois par jour, Assad lançait : « Maintenant, je rejoins ma bulle d'air frais. À plus tard ! »

Peu doué pour les affaires, et songeant à l'intérêt de ses enfants – malgré trois fausses couches, Asma lui en avait déjà donné huit –, Assad avait volontiers confié toutes les opérations financières aux membres de sa belle-famille.

Entre leurs mains, la fortune fructifiait. Les signes en étaient évidents : multiplication de la domesticité, arrivée d'une gouvernante autrichienne, d'un cocher albanais, réceptions de plus en plus fastueuses, location à l'année d'une loge à l'Opéra. Tout cela contribuait à classer les siens parmi les gens d'importance, à les introduire dans le « grand monde », à espérer de beaux et riches mariages pour leurs descendants.

Fascinés durant leur jeune âge par ce père fantasque, les enfants d'Assad se laissèrent peu à peu séduire par la famille maternelle, et par les avantages matériels qu'elle leur procurait.

Certains d'entre eux reprochèrent plus tard à leur père de ne pas soutenir l'ascension de la famille, et de se complaire dans l'évocation de souvenirs qui n'étaient guère reluisants.

Ils cessèrent de s'intéresser à Saf-Saf, de le caresser, de le nourrir, de grimper sur son dos. Les apercevant de l'autre côté de la pelouse, celui-ci brayait en vain pour retenir leur attention.

Ce n'étaient pas les ambitions des siens qui gênaient Assad ; ce qui lui faisait mal, et même l'horripilait, c'étaient leurs poses, et cette insupportable prétention.

Conscient de sa propre ignorance, il tenta sérieusement d'y remédier.

Le vieux maître Hazan, bossu et myope, lui rendit visite trois fois par semaine. Il traversait le jardin à petits pas, sa sacoche en grosse toile verte bourrée de livres sous le bras. Avant d'entrer dans la chambre de son élève, il prodiguait des caresses à Saf-Saf et lui glissait entre les dents un gâteau de miel.

Assad apprit à lire, à écrire; il était attentif et doué. Après chaque leçon, Hazan lui récitait toujours un poème en le modulant.

> Si donc tu me fais du bien, je saurai m'en
> rendre digne; mais si tu n'en fais rien, je
> dirai quand même: merci.
>
> L'homme intelligent,
> s'il examine sans voile tous les biens de ce
> monde,
> ils seront pour lui
> un ennemi vêtu comme un ami.

«C'est d'Abou Nawas, lui soufflait-il, le poète rebelle aux cheveux pendants. Reprends après moi.»

Assad répétait aussitôt.

Le lendemain, le maître citait:

> Qui donc jamais se lassera de voir le souffle
> de la respiration sortir de sa propre poitrine?

«C'était d'Al-Maari, aveugle à quatre ans.»

Une autre fois:

«À présent, écoute, Assad. Écoute notre grande poétesse Al-Khansa. Ses deux frères ont été tués dans la lutte contre une tribu rivale; elle pleure leur mort:

> [...] Le siècle furieux
> nous a traîtreusement atteints.
> Il nous a transpercés soudain
> des coups de sa corne acérée.
> [...]

C'est à présent que nous restons
d'un rang égal aux autres hommes,
ainsi que les dents alignées
dans la bouche d'un homme adulte.

« Tu as bien entendu ? Ne dirait-on pas des paroles d'aujourd'hui ? »

*
* *

« Il est temps d'envoyer cette vieille bête mourir à la campagne », suggéra Asma, n'osant prononcer le mot « abattoir ».

La vue de Saf-Saf, symbole d'un passé minable, l'irritait de plus en plus.

« Si Saf-Saf s'en va, je pars avec lui ! »

Persuadée que son époux n'en démordrait pas, elle se hâta de changer de propos :

« Ce que je t'en dis, c'est pour son bien. Tu feras comme tu veux, mon cher. »

Il fallait éviter le scandale. Les communautés chrétiennes étaient régies selon leurs propres rites ; la leur, d'obédience catholique, excluait le divorce, tolérait mal la séparation. Mieux valait endurer les caprices de ce vieil original que de s'engager dans des procédures qui alimenteraient les commérages et nuiraient à la réputation des siens. En mère avisée, Asma n'oubliait pas qu'il lui restait des filles à caser.

Quelques mois plus tard, sans dire où il se rendait, Assad s'absenta toute une journée.

Le soir, en rentrant, il trouva son âne gisant sous l'arbre. Mort.

Devançant les désirs de sa patronne – qu'il partageait en partie –, Stavros, le cuisinier grec, l'avait-il secrètement empoisonné ?

Assad enterra sa bête au pied du banian. Il creusa lui-même sa tombe. Puis il installa le cadavre de Saf-Saf tout près des racines coriaces et livides dont la sève résiste au temps.

*
* *

Depuis la mort de son âne, Assad disparaissait dans la journée pour ne revenir qu'à la nuit.

Il avait retrouvé le chemin des souks.

Trente ans s'étaient écoulés. Beaucoup de ses compagnons avaient disparu. Il en restait quelques-uns. Ils le reconnurent et lui firent fête ; aucun ne lui reprocha le silence de toutes ces années.

Le vieil homme fit la connaissance de Nina, la fille d'une Maltaise qu'il avait jadis aimée en cachette. Celle-ci lui rapporta les paroles de sa mère disparue :

« Elle me parlait de toi avec tendresse. Elle riait en me décrivant ton âne. Comment s'appelait-il ? Laisse-moi me rappeler… Saf-Saf, c'est ça ?

– C'est bien ça : Saf-Saf ! »

Leurs liens se resserrèrent.

Assad venait plusieurs fois par semaine. Ils savaient se parler ; ils apprirent à s'aimer, malgré la différence d'âge. À toute heure, se rendant chez Nina, il se sentait espéré, chéri.

Au bout de quelques mois, elle attendait un enfant. Assad l'adopta et veilla aux besoins du fils et de la mère.

*
* *

Une fin d'après-midi, dans le fiacre qui le conduisait d'un lieu à l'autre, Assad rendit l'âme, dans un soupir.

À la villa, on s'empressa de décrocher du mur la photo jaunie qui représentait l'aïeul, le visage rayonnant, le fez sur le côté, à califourchon sur son âne.

Chez Nina, la même photo demeura, en bonne place, sur le guéridon en bois doré.

Pour effacer la mémoire de Saf-Saf et les souvenirs qui s'y rattachaient, Asma et ses enfants firent abattre la chambre-cellule et le long couloir.

On abattit aussi le banian.

L'énorme et terreuse cicatrice fut recouverte d'un large parterre de dahlias et d'iris.

*
* *

Plus d'un siècle après – liés par mariage à des familles européennes de petite noblesse –, certains descendants d'Assad, adoptant les marottes en vogue, tentèrent de dresser leur arbre généalogique.

Très vite ils butèrent sur le tronc. Le découvrant obscur et indigent, ils se hâtèrent de le travestir.

Le « vendeur de bouchons » se métamorphosa en fils de gouverneur, promu à ce poste honorifique par l'Empire ottoman[1]. Quant à l'âne, on le transforma en cheval ! Saf-Saf fut surnommé *Seif el Nour*, ce qui veut dire « Épée de Lumière ».

Ainsi paré de richesses et de pouvoir, l'ancêtre, monté sur son destrier, pouvait dignement débarquer dans le port d'Alexandrie. Et, de là, partir à la conquête de nouvelles terres, pour lui et pour sa postérité.

---

1. *L'Empire ottoman* : vaste empire édifié au XVe siècle sur les ruines de l'Empire byzantin et qui s'étendait en Europe jusqu'aux frontières austro-hongroises, au Proche-Orient et au nord de l'Afrique. Sa puissance s'affaiblit jusqu'à son démantèlement à l'issue de la Première Guerre mondiale.

Les Métamorphoses de Batine

En repérage des lieux, le jeune reporter posa quelques questions aux personnes réunies dans l'impasse. Il leur confia ensuite la prodigieuse nouvelle.

Dès qu'il fut parti, ils se concertèrent, discutèrent longuement, choisirent de se rendre sur-le-champ chez Batine, l'heureux bénéficiaire de l'événement.

Ils étaient neuf dans le secret : le boulanger et son fils, le barbier, le marchand de tabac, le gendarme du quartier, le repasseur et son épouse, le maître d'école, enfin Wadiha la corpulente voisine.

Suivis de quelques badauds surpris par ce branle-bas, ils se précipitèrent sur les marches érodées de l'antique demeure, plantée au cœur du quartier populeux. Classée « monument historique », abandonnée à l'usure, celle-ci se détériorait lentement. Depuis une cinquantaine d'années, l'État avait gracieusement cédé le dernier étage à l'artiste peintre. Il avait connu son heure de notoriété locale avant de retomber dans l'oubli.

La petite troupe escalada en trombe les quatre étages avant de déboucher dans l'atelier donnant sur une vaste terrasse qui surplombait la ville.

Wadiha, malgré sa pesante soixantaine, se trouva en tête du groupe :

« Laissez-moi lui parler en premier, souffla-t-elle. Je connais cette tête de mule mieux que personne. Ce ne sera pas une mince affaire que le convaincre ! »

*

* *

Enfoncé dans son fauteuil à bascule, le vieil homme, voluptueusement engourdi, contemplait les dernières lueurs du jour s'affichant sur la palette du ciel.

Malgré les remontrances de Wadiha, qui, à la suite de son veuvage, s'occupait entièrement de sa personne et de son logis, Batine n'avait jamais été soigneux ni ordonné.

Depuis qu'il avait atteint ses quatre-vingts ans – il en avait sept de plus à présent –, ses négligences s'étaient multipliées. Ayant atteint un âge canonique [1] – ce dont il se félicitait –, il estimait qu'il n'avait plus à réclamer d'efforts à son corps, ni à lui imposer des contraintes. Dorénavant, il le laisserait à ses penchants, et permettrait à ses poils, cheveux, barbe et ongles de pousser selon leur pente naturelle.

Pour se rincer les mains, Batine ne recourait plus qu'à l'eau, prétextant que ces odeurs d'huile et de térébenthine l'incitaient à la création. Ayant distribué ses quelques vêtements aux mendiants de son quartier, malgré les hauts cris de sa voisine, il se satisfaisait d'un pantalon blanc et d'une chemise rouge qui avaient épousé, peu à peu, tous les plis de sa chair, tous les mouvements de sa carcasse, pour devenir une seconde peau, bigarrée et durcie par plaques.

Il marchait pieds nus, se vantait de s'être fabriqué des pattes d'autruche à la membrane fibreuse et rêche, capables de piétiner clous, cailloux et verre pilé.

Son grand atelier – planté au-dessus de la précieuse demeure en ruine – lui servait également de chambre à coucher. Celle-ci se réduisait à un matelas posé sur une série de briques, enveloppé, selon la saison, d'une courtepointe en coton ou d'un plaid aux carreaux déteints.

---

1. ***Un âge canonique*** : un âge avancé.

Cette large pièce englobait son entière existence : cartons pleins de vieux journaux et de papiers administratifs ; tiroirs posés sur le sol, remplis de lettres et de photos ; livres entassés contre les murs, formant une double paroi gainée de poussière, auxquels il ne touchait plus, boîtes de conserve récurées, servant de godets ; flacons contenant des pinceaux, parfois quelques fleurs ; table sur tréteaux, épaissie et laquée par des couches de peinture successives ; couteaux maculés de couleurs gisant de-ci de-là, parmi les tubes, les brosses, les blaireaux[1] ; trois chaises, un tabouret, barbouillés de teintes criardes ; bâtons de fusain, crayons de tous calibres, se dressant hors d'anciens pots de moutarde ou de confiture.

Muni d'un fil interminable qui s'étendait jusqu'à la terrasse, le téléphone disparaissait sans cesse. Dissimulé sous un amas de torchons, au fond d'un seau, derrière des châssis[2]… Il retentissait abruptement, suscitant des allées et venues intempestives de Wadiha, des gigotements dans sa chair généreuse jusqu'à ce qu'elle repérât la nouvelle cachette. Cette gesticulation, ces oscillations lui rappelant les parties de colin-maillard de son enfance, Batine s'en amusait follement.

Dans un coin, sous un édredon jadis satiné, qui laissait échapper par endroits des boules de coton, s'entassaient une centaine de tableaux.

Leur nombre ne cessait de diminuer. Depuis une dizaine d'années, Batine offrait ses toiles à qui en voulait ; ou bien se débarrassait de celles qui le décevaient :

« Elles m'emprisonnent ! s'exclamait-il. Elles me prennent toute la place ! »

Avec l'aide de son ami le repasseur, un homme tout en jovialité et en muscles, il descendait régulièrement quelques tableaux pour les jeter, non loin de son domicile, sur le monticule d'immondices

1. ***Blaireaux*** : pinceaux faits de poils de blaireau et servant, en peinture, à fondre les ciels.

2. ***Châssis*** : cadres sur lesquels on applique une toile à peindre.

auquel un préposé mettait le feu une fois par semaine. Chaque fois cet autodafé[1] lui procurait un sentiment de renaissance et de liberté.

Wadiha assistait à cette destruction d'un œil satisfait. Ayant servi trois ou quatre fois de modèle, elle ne se reconnaissait jamais sur la toile achevée. De plus, elle abominait cette production véhémente, déréglée, criarde, à mille lieues du tempérament affable et débonnaire du peintre à qui, depuis près de trente ans, elle consacrait la plus grande partie de son énergie. Ne le ménageant guère, elle ne lui dissimulait pas son opinion. Se plantant devant l'une de ses toiles, elle le questionnait, les mains aux hanches :

« Qu'est-ce que ça représente, pouvez-vous me le dire ? Un coup de feu ? Des éclairs, des poussières ? Du sang, des soleils, des larmes ? C'est n'importe quoi ! Des gribouillis ! Du charabia ! »

Batine hochait gentiment la tête :

« Je ne peux rien t'expliquer, Wadiha, ça sort comme ça veut, voilà tout !

– Quand je pense à tout le mal que vous vous donnez ! »

Elle s'en voulait aussitôt de ses railleries. Peu rancunier, Batine ne lui en tenait jamais rigueur. Avait-elle le droit de se moquer de ce qui procurait au vieil homme un plaisir si intense ? Un plaisir nourri d'inquiétudes, de souffrances, de tumultes, dont elle était souvent le silencieux témoin.

Mais ce qui intriguait Wadiha, ce qui la stupéfiait plus encore, c'était cette aptitude qu'il avait à se dégager de son œuvre, une fois celle-ci terminée. On aurait dit un pommier vigoureux et prodigue dont les fruits, arrivés à maturation, se décrochent sans que l'arbre les retienne. Depuis quelque temps, au moment où il cherchait à se débarrasser de ses tableaux et qu'il était sur le point de les larguer, c'est elle qui arrêtait son bras.

---

1. ***Autodafé*** : action de détruire par le feu.

« Je ne peux pas vous laisser faire ça. Après toute votre sueur, votre fatigue ! »

L'argument n'avait aucune prise. C'était aussi dans la nature de Batine de ne jamais se souvenir des peines et des chagrins passés.

« Rappelez-vous… À certaines périodes, je vous ai vu souffrir, vous évertuer, vous surmener. Vous mangiez debout. Vous parliez à peine. Je vous voyais peindre, défaire, recommencer. Et à présent, vous jetez tout ça, comme s'il s'agissait de n'importe quoi ! »

Des deux mains elle l'agrippait par le col de sa chemise :

« Je ne vous laisserai pas faire. »

Malgré son caractère accommodant, l'obstination de Batine n'avait pas de limite ; Wadiha sentait qu'elle céderait la première :

« C'est du plomb qui remplit votre caboche. Vous êtes plus têtu qu'une pyramide ! »

Batine se divertissait de ce vain combat :

« C'est le comble, s'esclaffait-il. Tu vomis mes toiles, et c'est toi à présent qui t'en fais le défenseur. Toi et moi, nous serons toujours à contre-courant, ma brave Wadiha.

– Une fois pour toutes : vous y croyez ou vous n'y croyez pas, à votre fabrication ?

– J'y crois et je n'y crois pas. Les deux à la fois. »

Sautant du coq à l'âne, elle poursuivait :

« Quand est-ce que vous changerez de vêtements ? Vous allez finir par puer, je vous le dis. »

Elle avait subtilisé et mis à l'abri son seul costume le jour même où il avait décidé de distribuer sa garde-robe aux mendiants. La maigre pension que l'État servait à l'artiste, augmentée de quelques revenus dus à un petit héritage, lui suffisait pour vivre.

« Quand est-ce que vous prendrez un bain ? Un vrai ! Quand déciderez-vous de vous raser, de vous couper les ongles, les cheveux ?

– Lorsque je serai mort ! Ce jour-là, Wadiha, je t'en laisserai le soin et le plaisir. Ce sera inscrit dans mon testament, promis ! Tu pourras me laver des pieds à la tête, couper mes poils, tailler mes ongles, me revêtir du costume sombre, celui que tu as caché en prévision de mes funérailles ! Tu ajouteras la chemise en soie et la cravate noire de ce mariage auquel, par chance, j'ai échappé ! De plus, ajoutait-il avec un clin d'œil appuyé, je te léguerai toutes mes toiles, puisque tu en es devenue le gardien et le sauveur.

– Vous n'êtes qu'un vieux fou ! Qu'un pauvre maboul ! »

Puis, craignant d'avoir outrepassé ses droits, sa voix s'amollissait :

« Un doux dingue ! »

L'avait-elle aimé jadis, il y a plus de trente ans ? D'éphémères compagnes, surtout des femmes mariées, venaient secrètement lui rendre visite dans son atelier. Elle n'avait jamais osé s'avouer ses propres sentiments.

*

* *

Face au soleil couchant, se balançant dans son fauteuil, savourant et se délectant de l'embellie et des silences du soir, Batine rêvassait, tranquille.

Surexcités par l'exaltante nouvelle, les membres de la petite troupe franchirent les dernières marches quatre à quatre, débouchèrent sur la terrasse et se ruèrent vers le fauteuil à bascule.

Au passage, ils faillirent écraser trois poussins en balade, terrifièrent le chat tigré qui renversa un seau rempli de graines en s'enfuyant. Immobile sur un canapé éventré, le second chat, au poil d'ébène [1], pris de panique, se réfugia derrière l'amoncellement de bidons, de torchons, de balais, de fagots, de boîtes de couleurs

1. ***Au poil d'ébène*** : de la couleur du bois d'ébène, c'est-à-dire noir.

séchées, de châssis hors d'usage, de chevalets en morceaux et de la baignoire en zinc remplie de bouteilles vides. En battant des ailes et en caquetant, les quatre poules se frayèrent un chemin entre une douzaine de pots d'argile rougeâtres, dans lesquels Wadiha faisait pousser du persil, de la menthe et même des pieds de tomate. Seul le coq à la crête ramollie ne se laissa pas intimider.

Assailli par une avalanche de paroles, par une tornade de gestes, Batine sursauta si fort que le fauteuil faillit céder sous son poids.

Encouragés par Wadiha, le barbier s'empara de ses deux mains pour le tirer en avant, le repasseur et son épouse le soulevèrent par les aisselles, le gendarme le poussa dans le dos pour le maintenir debout. Il n'eut pas le temps de protester.

« Pardonnez-nous, s'excusa le barbier, mais ce qui nous amène est urgent et de la plus haute importance.

– Un événement extraordinaire, reprit le boulanger.

– Considérable ! ajouta le marchand de tabac.

– Une chance pour les jeunes du quartier, confirma le maître d'école.

– Cela changera le cours de ta vie ! conclut le repasseur.

– Et des nôtres, renchérit le maître d'école.

– Qu'est-ce qui peut transformer la vie d'un vieil homme arrivé tout au bout de la sienne ? murmura Batine.

– Assez de philosopher ! interrompit Wadiha. Écoutez l'avis des autres, pour une fois.

– Voici... » commença le maître d'école, qui se mit en devoir de tout expliquer.

Le postier de service avait, heureusement, intercepté un télégramme venu des États-Unis ; un câble destiné à un fonctionnaire responsable des demeures anciennes.

« Et alors ? demanda Batine.

– Le postier, alerté par ton nom inscrit en toutes lettres sur le message : "L'artiste peintre BATINE", nous en a tout de suite fait part, sous le sceau du secret.

– Et après ? s'impatienta Batine.

– Laissez-le terminer ! gémit Wadiha. Encore votre manie de vouloir la fin avant le commencement ! »

Batine cherchait à mettre un terme à ces assauts. Il ne songeait qu'à retourner à ses pensées sur la précarité des jours ; à ces rêveries qui débouchaient le plus souvent sur des projets d'avenir, de nouvelles toiles à peindre.

« Tu nous écoutes ? s'inquiéta le barbier.

– Je vous écoute.

– Ce qui arrive est un honneur pour toi, pour nous tous, reprit le marchand de tabac.

– Pour notre cité et pour toute la nation, conclut le maître d'école avec grandiloquence.

– Enfin, de quoi s'agit-il ?

– Tu es un vrai patriote, n'est-ce pas, Batine ? s'enquit le gendarme d'un air vaguement soupçonneux.

– Mais oui, mais oui… » répondit celui-ci du bout des lèvres, tout en jetant un coup d'œil désespéré vers le soleil qui sombrait, lentement, à l'horizon, loin de son regard.

Dans une orgie de couleurs : de l'orangé au rouge, du fauve à l'écarlate, du bistre au turquoise, du jaune au carmin, du roux au vermillon, le soleil se dissipait, somptueusement – loin de son habituelle vigilance –, au fond de vapeurs chatoyantes, soulignées parfois d'un trait vert.

« Demain, sept heures du soir, c'était écrit sur le télégramme, tu recevras une visite de la plus haute importance.

– Une chance que nous en soyons avertis, soupira Wadiha. Vous les imaginez arrivant au milieu de cette pagaille ! Et vous, presque en loques ! Nous avons vingt-quatre heures pour nous préparer.

– Nous préparer à quoi ? grommela le vieillard. Je ne reçois plus de visites. Sauf mes amis. Vous, vous tous êtes les bienvenus ! Apporte-nous des sièges, du café et des sirops, Wadiha. »

Il espérait calmer leur surexcitation et clore cette histoire déjà bourrée de tracas et de déplaisir.

« Pas une minute à perdre, rétorqua Wadiha, soutenue par la petite assemblée.

– Demain sera un jour “ex-cep-tion-nel”, confirma le maître d'école avec solennité.

– Le café attendra, trancha Wadiha. Demain, il faudra autre chose que des cafés et des limonades pour honorer nos hôtes. »

Sans attendre, elle se précipita vers le parapet qui encerclait la terrasse. Le buste en avant, les mains en cornet devant la bouche, elle cria à tue-tête vers l'impasse où flânaient quelques voisins :

« Des bras, des bras, il nous faut des bras ! Montez tous nous aider ! »

*
* *

Une série de hasards avaient fait atterrir dans une importante galerie du Texas des reproductions d'œuvres du peintre Batine.

Ayant glané quelques informations et de croustillants détails sur le personnage, le directeur décida de se rendre sur place, avec l'accord tacite des autorités locales.

En prévision du fabuleux lancement qu'il programmait pour la saison prochaine, Steve Farrell, accompagné de sa secrétaire et d'une petite équipe de télévision, serait bientôt sur les lieux.

*
* *

Quelques minutes avant de monter chez Batine, Wadiha, ne pouvant tenir sa langue, avait répandu la nouvelle en recommandant le secret. La rumeur s'était propagée. Les appels venus de la terrasse furent suivis d'effet immédiat, une partie du voisinage étant déjà dans l'expectative.

Munis de seaux, de pelles, de balais de crin, de têtes-de-loup, de savon noir pris dans leurs modestes masures, puis, en se cotisant, de chlore, de potasse, de cirage achetés chez l'épicier, hommes et femmes – auxquels s'étaient joints quatre mendiants remontant de la cité, un touriste égaré dans l'impasse et une ribambelle d'enfants – se précipitèrent sur les marches qui menaient à l'atelier.

Wadiha, qui avait préparé son plan de bataille, accueillit le cortège dès son arrivée. Après leur avoir distribué, en guise de torchons, des lambeaux d'étoffe découpés dans du vieux linge, elle assigna à chacun sa corvée.

Elle se découvrit des dons de commandement qu'elle n'avait pas jusqu'ici eu l'occasion d'exploiter. En dépit de son humeur complaisante, Batine se révélait d'une obstination farouche en tout ce qui concernait son travail. Nul ne pouvait toucher à son atelier ; son œil à l'affût aurait détecté le déplacement d'une épingle ! Wadiha avait fini par s'habituer à ce capharnaüm [1].

« Pour une fois, il faudra que tout brille comme neuf », déclara-t-elle.

Le nettoyage dura la nuit entière, à la lumière des bougies. L'État voulant restreindre ses dépenses, il n'y avait de lampe nulle part. Mis à contribution, l'électricien installa une guirlande d'ampoules multicolores, le long du mur bordant l'escalier.

Hommes, femmes, enfants vidèrent des seaux d'eau savonneuse sur les marches. Ils frottèrent, grattèrent, récurèrent, gommant les tendresses de la pierre, que le temps avait adoucie et rosie. Débarrassée de toutes impuretés, celle-ci étincela bientôt sous une peau lisse et luisante.

Ils brossèrent ensuite le perron et les quatre paliers. Décapèrent, astiquèrent, peignirent, à chaque étage, les moucharabiehs [2] dont les grillages en bois tourné donnaient sur la minuscule cour intérieure.

---

1. ***Capharnaüm*** : lieu en désordre.

2. ***Moucharabiehs*** : balcons fermés par un grillage sur lesquels se tenaient les femmes pour voir sans être vues.

Dans l'atelier, constamment guidés par Wadiha, ils rangèrent les objets hétéroclites derrière l'armoire et le lit ; recouvrirent la table du peintre d'un tapis de Boukhara, usé jusqu'à la corde. Enfin, ils pulvérisèrent à mort moustiques, mouches, cafards, laissant flotter partout des vapeurs acides qui picotaient les yeux.

Tandis que Wadiha se déplaçait comme une danseuse sur des pieds menus qui supportaient, par miracle, ses quatre-vingt-dix kilos, Batine, qui observait de loin tout ce chambardement, avait baissé les bras.

Pour terminer, un groupe fit le vide sur la terrasse, dérobant quelques bricoles par-ci par-là.

Une fillette s'empara des trois poussins qu'elle dissimula hâtivement sous ses jupes. La voix tonnante de Wadiha la rassura :

« Débarrassez-moi de toutes ces bestioles ! »

À ce cri, les quatre mendiants se jetèrent sur les poules qu'ils se disputèrent férocement, avant de s'apercevoir que leur nombre coïncidait avec le leur ; il y en aurait une pour chacun. Quant au coq, jugé assez décoratif, on le laissa arpenter majestueusement – quoiqu'un peu dépaysé – les lieux désormais vacants.

À l'aube, ayant chargé quelques femmes de la préparation des nourritures, quelques hommes de l'achat des boissons, Wadiha donna congé au reste de la troupe.

*

* *

Il lui restait à exécuter la partie la plus délicate de l'opération.

À cinq, les femmes empoignèrent Batine. Le saoulant de paroles, elles le dévêtirent malgré ses cris. En moins de rien, il se retrouva nu.

Les surplombant de sa haute stature, sa large poitrine foisonnant de poils blancs et bouclés, le ventre proéminent, le sexe contrit – suspendu entre de solides cuisses prolongées par des jambes fines et des pieds harmonieux –, il les regardait s'affairer autour de lui, comme un bataillon de mouches.

Doté par la nature d'un corps bien charpenté et d'organes puissants qui témoignaient de sa virilité, il arborait, en dépit de l'âge et d'un léger embonpoint, sa nudité sans fausse pudeur. Les circonstances présentes dépassaient cependant les normes. Retrouvant ses esprits, il leur demanda, d'une voix assurée, où elles voulaient en venir.

Tandis que trois d'entre elles déplaçaient avec soin, jusqu'au centre de l'atelier, la baignoire en zinc, débarrassée de ses bouteilles vides et pleine à ras bord d'une eau bleuâtre, fumante, mousseuse, parfumée au jasmin, Wadiha lui exposa les avantages de cette proche visite.

« Un privilège pour vous et pour notre quartier. »

Chaque habitant en escomptait des bénéfices ; cette gloire soudaine porterait ses fruits. La population n'était pas bornée – quelques-uns possédaient la télévision – au point d'ignorer ce que rapportent les toiles d'un peintre de renom.

« Un peintre réputé, voilà ce que vous allez devenir, grâce à ce visiteur ! Cette demeure deviendra un musée, avec entrée payante. De nombreux voisins sont déjà sur les rangs pour le poste de gardien. »

Il était du devoir de Wadiha, de leur devoir à tous, de veiller à ce que cet hôte de marque soit reçu avec honneur et dignité.

Que penserait un étranger de cet univers de crasse et d'un vieillard aux vêtements barbouillés, à la face malpropre et velue ? De retour dans son pays, s'il les traitait tous de « pouilleux indécrottables », qui pourrait l'en blâmer ?

*
* *

De leurs dix bras, les femmes saisirent Batine, le soulevèrent, le plongèrent dans l'eau aux bulles savonneuses.

D'abord il trépigna, les traita de « sorcières », de « marâtres », de « barbares » ! Puis, l'immersion dans l'eau tiède et parfumée amollissant peu à peu sa chair et ses humeurs, il se sentit envahi d'une lascive sérénité. Se laissant glisser jusqu'au fond, il ferma les paupières en sifflotant.

« Au moins tenez vos langues », murmura-t-il, s'abandonnant aux barbotements entre les vaguelettes odorantes.

Leurs mains s'activaient, se déchaînaient. Avec des brosses, des éponges végétales et rugueuses, elles l'aspergèrent, le savonnèrent, le frottèrent, grattèrent la plante de ses pieds jusqu'au chatouillement.

« Maudites vieilles ! » objecta-t-il dans un fou rire.

Elles poncèrent ses genoux, ses coudes ; curèrent oreilles et narines ; frictionnèrent ses épaules et son cou.

« Cette eau devient plus noire que le limon ! » se plaignit Wadiha, vidant et remplissant le bain pour la troisième fois.

Raclant son dos, massant sa poitrine et son ventre, la plus âgée s'autorisa quelques plaisanteries sur ses parties génitales :

« Elles ont encore un beau volume, bien qu'elles t'aient copieusement servi ! »

La remarque ne lui déplut pas.

Enfin, briqué, luisant comme une piastre[1] neuve, elles le portèrent jusqu'au fauteuil à dorures prêté par le tapissier.

*

* *

Le barbier, qui attendait son heure, le débarrassa de sa barbe, lui façonna une moustache aux bouts redressés et gominés. Il lui tailla ensuite les cheveux, lui rasa la nuque. Durant ce temps, les femmes lui coupaient les ongles des mains et des pieds, puis elles épilèrent ses gros sourcils.

---

1. ***Piastre*** : monnaie d'argent.

Le repasseur apparut peu après, portant sur un cintre le « costume du mort ». Pour l'occasion, Wadiha l'avait tiré d'une valise, saturée de naphtaline, où elle le conservait précieusement.

En observateur de plus en plus curieux et attentif de tout ce qu'un branle-bas de cette sorte révélait de la nature humaine, le peintre se laissait manipuler. Il ne pouvait leur en vouloir, ni les laisser tomber. L'échappée hors de cette vie de misère, il n'avait pas le droit de les en priver.

Grâce à de minces revenus et à des besoins modestes, Batine avait toujours joui du privilège d'être libre, de faire ce dont il rêvait. Pouvait-il refuser à ses voisins l'occasion d'améliorer leur situation et de profiter d'un bien-être qu'ils escomptaient ?

« Tu auras bientôt une automobile, affirma le barbier. Mon fils vient d'obtenir son permis, il pourra te servir de chauffeur. »

Dans un coin de l'atelier, le maître d'école et le gendarme supputaient les prix que ces toiles pourraient atteindre. Ajoutant des zéros à des zéros, ils faisaient grimper les enchères à plaisir.

Batine cessa de tendre l'oreille, tous ces chiffres lui donnaient la migraine !

*

* *

Pour ces étrangers férus de ponctualité, l'heure était l'heure. Aucune des personnes présentes ne possédant de montre, il ne restait à Wadiha qu'à se fier au soleil.

Celui-ci amorçait, tranquillement, sa descente.

Sur la terrasse, une table à rallonges avait été fabriquée dans la nuit par le menuisier. Un drap blanc, tombant jusqu'au sol, en dissimulait les imperfections.

Une abondance de « mezze [1] », confectionnés par les voisines, d'innombrables boissons, que le marchand de tabac – après une

---

1. ***mezze*** : hors-d'œuvre que l'on sert avec l'apéritif.

collecte – avait achetées dans la plus grande épicerie de la ville, se dressaient sur la nappe immaculée. Des enfants l'avaient ornementée de fleurs, chapardées dans le jardin public.

Tout était prêt.

Il ne restait plus qu'à attendre l'arrivée de l'éminent visiteur.

*

* *

Des coups de klaxon stridents annoncèrent l'entrée de la Mercedes grise dans l'impasse.

Un guide officiel, assis à côté du chauffeur, indiquait le chemin depuis l'Anubis Palace, situé au bord du Nil, jusqu'à l'ancienne demeure classée « bâtiment historique ». Le dernier parcours, dans les dédales de la vieille ville, soulevait des nuages de poussière qui retombaient sur le rutilant capot.

Suivie de près par le véhicule qui transportait l'équipe de télévision, la voiture étrangère, guettée par les habitants, se rangea au pied du domicile du vieux peintre.

Le directeur de la galerie était un homme d'une cinquantaine d'années, aux traits anodins légèrement crispés. Il portait d'élégantes lunettes cerclées de noir, dont les verres à peine teintés laissaient transparaître des yeux volontaires et vifs.

Une secrétaire à la chevelure auburn, au physique de vedette, ôtait et remettait ses propres lunettes, selon le tour – tantôt familier, tantôt professionnel – que prenait la conversation :

« *How special*[1] *!* Cet endroit est d'un pittoresque, si lourd de passé. C'est ce qui manque chez nous, n'est-ce pas, Steve ? »

Il opina de la tête.

« J'y vais seul. Attendez-moi ici. Vous monterez un peu plus tard avec l'équipe. Je vous ferai appeler.

– Prenez le guide avec vous.

---

1. « Comme c'est spécial ! »

– C’est inutile, Helen. Le peintre baragouine dans toutes les langues, et même en anglais. Pour le premier contact, rien ne vaut un “face-à-face”. Comme vous savez, cet homme n’est averti de rien. Il faut que ce soit authentique, imprévu. Le reportage télévisé devra être saisi, en quelque sorte, sur le vif. »

*

* *

Penchée au-dessus du parapet, Wadiha aperçut le visiteur sortant de l’imposante voiture, puis se dirigeant vers l’entrée de leur immeuble.

L’électricien, qui attendait son signe, brancha le courant. Les ampoules colorées, suspendues le long de l’escalier, s’illuminèrent d’un coup.

L’éclat phosphorescent surprit désagréablement le visiteur.

Les vieux murs rafistolés par des plaques de ciment frais, la patine des marches voilée par un vernis plastifié, à chaque palier les dalles poncées, vernissées elles aussi, les volets festonnés – caractéristiques de l’architecture du pays – décapés, parfois repeints, lui procurèrent une véritable commotion.

L’ensemble dégageait une odeur de propre : de soude, de chlore, de potasse, de désinfectant.

On lui avait dépeint un édifice rongé par les ans, éclairé par des lampes à huile, chaque pierre portant l’empreinte des siècles. Véritable aubaine pour un cinéaste ! Mais voici qu’il se trouvait confronté à un ensemble salubre, remis à neuf, qui ne méritait pas le moindre cliché.

Il restait le peintre : « Une sorte de vieux Noé hirsute », lui avait-on assuré. La caméra cadrerait sur l’artiste. Sur lui seul. En gros plans. Elle négligerait l’environnement.

Depuis plus d’un an, la galerie de Steve Farrell traversait une mauvaise passe ; il avait misé sur la découverte de cet artiste singulier pour lui donner un nouveau départ.

*
* *

Au quatrième étage, les portes étaient largement ouvertes.

D'un décor net, quasiment nu, se détachait un homme de haute taille. Correctement vêtu d'un costume sombre, comme n'importe quel directeur d'agence, celui-ci s'avançait vers le visiteur, la main tendue :

« Je suis Batine. Soyez le bienvenu. »

Se glorifiant d'avoir pu métamorphoser, en si peu d'heures, le peintre et son domicile, Wadiha, tapie dans un coin de l'atelier, suivait la scène, le cœur battant.

Stupéfait, Steve Farrell saisit machinalement la main de Batine :

« *I didn't expect this* [1], prononça-t-il en bredouillant.

– *Come in. If you please* [2].

– Alors, c'est vous le peintre ?

– C'est moi.

– *I was abused*... trompé... » traduisit-il, le souffle coupé.

Batine ne prêta guère attention à ces mots. Jouant le jeu jusqu'au bout, il le pressa d'entrer :

« Vous êtes venu pour mes toiles. Par ici. Je vais vous les montrer. »

*
* *

Orchestrée par Wadiha, la cérémonie se déclencha. Surgissant de leurs diverses cachettes, des jeunes gens présentèrent chacun un tableau au visiteur.

Sans jeter un regard sur les toiles, celui-ci cherchait à se dégager. Il repoussa ceux qui lui barraient le chemin, ignora ostensiblement les peintures et se fraya un passage vers la terrasse.

---

1. « Je ne m'attendais pas à ça. »
2. « Entrez, je vous prie. »

Cet espace vide, cette table dressée pour un « cocktail à l'américaine » où ne manquaient ni le gin, ni le whisky, ni le Coca-Cola anéantirent ses dernières illusions. Se retournant vers l'atelier, il hocha plusieurs fois la tête, sans parvenir à trouver ses mots.

« *I must leave now... I shall go... I shall go... This will not do at all, at all, at all*[1]... »

Les tableaux, il n'en avait cure. Évitant ces visages pétrifiés, il cherchait la sortie, répétant les mêmes mots.

« Shalgo, atole, atole... ! Qu'est-ce que ça veut dire, tout ça ? » demanda Wadiha en le poursuivant.

Il passa le seuil en vitesse et se précipita sur les marches qu'il se mit à dévaler.

*

* *

Batine, qui venait de tout comprendre, éclata d'un rire homérique[2] !

Se tenant les côtes, le peintre tournoya sur lui-même, défit sa cravate, la lança dans les airs. Il se déchaussa ensuite, ôta son veston qu'il jeta sur le sol et piétina joyeusement.

Il envoya bientôt voler sa chemise, découvrant sa large poitrine. En dansant, en pouffant, il se félicita de la retrouver toujours aussi velue, alors que les cinq femmes avaient scrupuleusement rasé tout le reste.

Sa gaieté, ses plaisanteries se heurtaient aux visages consternés de son entourage, à la mine mortifiée de Wadiha. Contrarié par leur déception, il mit une sourdine à ses exubérances. Dans son for intérieur, il continuait, cependant, à se réjouir d'avoir une fois

1. « Je dois partir... je dois y aller... je dois y aller... Cela ne fait pas du tout l'affaire, pas du tout, du tout... »

2. ***Un rire homérique*** : rire bruyant pareil à celui qu'Homère prête aux dieux de l'Olympe.

de plus assisté au spectacle récurrent[1] qu'offre la nature humaine – bien que la forme en différât chaque fois.

« Mes amis, mes amis, s'exclama-t-il, quel bon repas nous allons faire ! Réjouissons-nous ensemble. Faites monter vos familles. »

Sa jovialité finit par les retourner, par les entraîner.

Batine sentit des ailes lui pousser partout. « Ce soir, je ne raterai pas mon coucher de soleil », se promit-il.

« Mon fauteuil à bascule, mon fauteuil à bascule... Sors-moi mon fauteuil à bascule, Wadiha ! »

Se précipitant vers l'endroit où elle l'avait dissimulé, sous un amas de couvertures, elle le traîna jusqu'à la terrasse.

*

* *

Franchissant le seuil en toute hâte, l'homme s'engouffra dans sa Mercedes, après avoir fait signe au conducteur du second véhicule de le suivre.

« À l'Anubis Palace », souffla-t-il au chauffeur ahuri.

Atterrée, Helen n'osa pas lui poser de questions.

1. ***Récurrent*** : qui se répète.

DOSSIER

- **Qui, quoi, où, quand, comment ?**
- ***La Chèvre du Liban***
- ***L'Enfant au réverbère***
- ***L'Enfant des manèges***
- ***L'Ancêtre sur son âne***
- ***Les Métamorphoses de Batine***

Qui, quoi, où, quand, comment ?

Rendez à chaque nouvelle ses personnages principaux :

	• Maxime Balin
La Chèvre du Liban •	• Tony
L'Enfant au réverbère •	• Omar-Paul
L'Enfant des manèges •	• Assad
L'Ancêtre sur son âne •	• Wadiha
Les Métamorphoses de Batine •	• Saïd
	• Batine
	• Antoun

Le titre désigne-t-il toujours le protagoniste ? Entourez la bonne réponse :

La Chèvre du Liban	oui	non
L'Enfant au réverbère	oui	non
L'Enfant des manèges	oui	non
L'Ancêtre sur son âne	oui	non
Les Métamorphoses de Batine	oui	non

Où l'action de chacune de ces nouvelles se situe-t-elle ?

La Chèvre du Liban •	
L'Enfant au réverbère •	• À Paris
L'Enfant des manèges •	• Au Liban
L'Ancêtre sur son âne •	• Au Caire
Les Métamorphoses de Batine •	

Quelle est la durée de l'action dans chacune des nouvelles ?

La Chèvre du Liban •	• deux ou trois heures
L'Enfant au réverbère •	• vingt-quatre heures
L'Enfant des manèges •	• deux ans
L'Ancêtre sur son âne •	• trente ans
Les Métamorphoses de Batine •	

Dans chacune de ces nouvelles, la fin est-elle attendue ou inattendue ?

La Chèvre du Liban •	• fin attendue
L'Enfant au réverbère •	• fin inattendue
L'Enfant des manèges •	
L'Ancêtre sur son âne •	
Les Métamorphoses de Batine •	

Ces quatre thèmes dominent les cinq nouvelles : redistribuez à chacune ceux qui lui appartiennent (chacune peut en comporter plusieurs).

La Chèvre du Liban •	• la solidarité
L'Enfant au réverbère •	• l'amitié
L'Enfant des manèges •	• la générosité
L'Ancêtre sur son âne •	• la supériorité d'une vie humble
Les Métamorphoses de Batine •	

La Chèvre du Liban

Des détails pittoresques évoquent le cadre de cette histoire. Rayez les intrus :

le paysage	**la nourriture**	**les vêtements**
une vallée profonde	des primus	de larges vêtements
des sapins	des rouleaux de printemps	un kimono
de larges chemins	des feuilles de vigne farcies	une large ceinture
des pins		un fez
un canyon		
des chemins rocailleux		

Établissez la carte d'identité du personnage principal :

Nom : ....
Prénom : ....
Âge : ....
Nationalité : ....
Profession : ....
Situation matrimoniale : ....

Que reproche Antoun aux femmes de son pays ? (plusieurs réponses possibles)

A. d'être bavardes comme des pies
B. de trop regarder les hommes
C. d'être uniquement préoccupées des soins du ménage
D. d'être trop silencieuses
E. de manquer d'imagination

Qu'y a-t-il de révoltant dans la chute de l'histoire ?

A. qu'Antoun ait cherché toute la nuit, en risquant sa vie, une chèvre qui n'avait pas disparu
B. qu'Iskandar ne l'ait pas remercié
C. qu'Iskandar regarde avec mépris Antoun, parce qu'il le prend pour un vagabond

L'Enfant au réverbère

Les voyages en Égypte sont à la mode

Noda et Tony ont deux conceptions différentes du voyage. Retrouvez pour chacun ce qui les motive et rayez les propositions fautives :

Noda	Tony
A. le dépaysement B. la collecte de photographies pour les exhiber ensuite à ses amis C. la rencontre avec des gens différents D. la conformité à une mode E. la découverte d'une civilisation passée F. le soleil G. l'instruction de son fils H. la vérification des indications du Guide Bleu sur le terrain	A. la découverte et l'ouverture d'esprit B. des amourettes de vacances C. un vagabondage hors des sentiers battus D. une occasion d'épater ses amis parisiens E. la rencontre inattendue d'une incarnation du passé dans un adolescent d'aujourd'hui F. le partage d'un moment d'émotion forte qui fera d'un autre son frère au-delà des distances de toutes sortes G. un tourisme grégaire : en groupe et rapide

Préférez-vous la conception de Noda ou celle de Tony ?

La leçon d'architecture de Noda

1. Qu'est-ce qu'un pylône ?

A. un poteau électrique
B. une tour massive

2. Qu'est-ce qu'une salle hypostyle ?

A. une salle dont le plafond est soutenu par des colonnes
B. une salle enterrée

Un petit grain d'autobiographie

Andrée Chedid, dans son livre *Les Saisons de passage*, se souvient avec émotion de Farid, le chauffeur de ses parents qui venait la chercher à la pension chaque fin de semaine : « Chaque parole [échangée avec lui] devenait une joie, un partage. Cet échange me démontra très tôt qu'une entente, même brève, entre des individus que l'âge, la religion, le milieu social différencient peut réunir, réchauffer, dissiper les inquiétudes de l'âme. Ce sentiment de fraternité, même éphémère, aura fécondé ma vie, nourrissant, jusque dans mes livres, des personnages disparates et divers. »

1. Qu'est-ce qui différencie Saïd et Tony ?

A. l'âge
B. la religion
C. le milieu social
D. la vie familiale
E. le pays d'origine
F. l'amour de la grammaire

2. Pourtant, les trois mêmes adjectifs les définissent tous les deux dans la nouvelle : retrouvez-les.

A. libre
B. sincère
C. généreux
D. dégagé
E. heureux

L'Enfant des manèges

1. Les deux personnages principaux sont des êtres blessés. Rendez à chacun ses blessures :

	• une blessure de guerre mutilante
	• des signes de vieillissement douloureux
Maxime Balin •	• un chagrin d'amour
Omar-Paul •	• la solitude
	• des parents morts à la guerre
	• l'exil

2. Comment connaît-on le passé secret d'Omar-Paul ?

A. par ses pensées intimes révélées par le narrateur
B. par des confidences faites à ses amis
C. par des informations données par le narrateur

3. De quel pays vient-il ?

On sait que son pays était ravagé par des guerres civiles, qu'il était en grande partie détruit par ces folies meurtrières, et que « depuis l'Antiquité ses ancêtres avaient navigué, échangé, installé sur tous les rivages de la Méditerranée des comptoirs de commerce multiples et fructueux ». Quel peut être ce pays ?

A. l'Algérie
B. l'Égypte
C. le Liban
D. l'Irak

4. Les métamorphoses de Balin : l'arrivée d'Omar-Paul dans la vie de Maxime a transformé son caractère. Il est devenu :

A. généreux
B. bavard
C. joyeux
D. entreprenant avec les femmes
E. dynamique

5. Pourquoi la chute de la nouvelle nous révolte-t-elle ?

A. parce que le destin est injuste
B. parce que Omar-Paul est une troisième fois orphelin
C. parce que Maxime n'a pas eu le bonheur qu'il espérait
D. parce que Omar-Paul aurait pu devenir riche
E. à cause de l'ironie du sort : l'enfant remarquait au début de la nouvelle que les Parisiens étaient « inconscients du seul bonheur d'aller et venir sans risquer la mort à chaque carrefour »
F. parce que l'enfant ne sera pas adopté

L'Ancêtre sur son âne

La genèse de l'histoire

Dans son récit autobiographique *Les Saisons de passage*, Andrée Chedid évoque rapidement ses deux grands-pères :

1. « Mon grand-père paternel était mort depuis ma naissance. [...] Fils d'un garde-frontière qui surveillait à cheval une portion de territoire au nord de son pays, il émigra à seize ans du Liban vers l'Égypte, dans les conditions les plus modestes. Là, il fit fortune. Devenu notable de sa petite communauté maronite, il fit bâtir une église, une école et reçut un titre papal. Tout cela au cours d'une existence austère et laborieuse dont la plupart de ses descendants ne se souvenaient guère. Ceux-ci ne se souciaient, semble-t-il, que de ce titre qu'ils arborèrent tour à tour, ajoutant un “de”, particule incongrue, à leur nom oriental.

Ce grand-père se maria tardivement, vers la quarantaine, à une fillette de quatorze ans. Il lui fit une dizaine d'enfants et lui survécut. »

2. « La personne dont ma mère parlait avec le plus de chaleur et d'admiration était son père. Il s'appelait Gobran, ou Gabriel.

[...]

Gobran avait émigré très jeune du Liban ; petit boutiquier vif et travailleur, il fit rapidement fortune et devint propriétaire de terrains agricoles voués à la culture de coton. Jusqu'à la fin de sa vie, il choisit de loger dans une chambre exiguë, blanchie à la chaux, qui jouxtait les cuisines. [...]

Sélective mémoire. Plus que d'autres, l'image de cette chambre nue s'incruste. D'une certaine façon, je lui appartiens. Elle demeure ce rêve – jamais totalement accompli – d'un lieu de simplicité et de cohérence. Un lieu marginal, essentiel, écarté d'un monde happé par les pièges de l'argent, de la réussite, des honneurs. »

Soulignez les différents détails de ces deux portraits qui ont servi de base à l'élaboration du personnage d'Assad.

Quel autre personnage de ce recueil a-t-il pu être aussi inspiré par le souvenir de ces deux grands-pères ?

Une histoire paradoxale

Replacez chaque épisode à sa place dans le schéma narratif :

1. Assad est très malheureux
2. il se marie avec une jolie jeune femme
3. il mène une vie heureuse, simple, modeste
4. il fait fortune
5. il tombe amoureux d'une jeune femme pauvre

Situation initiale	n°...
Élément perturbateur n° 1	n°...
Élément perturbateur n° 2	n°...
Conséquence	n°...
Résolution	n°...

DOSSIER

Les Métamorphoses de Batine

La structure narrative de la nouvelle

1. Remettez en ordre les épisodes qu'un distrait a mélangés :

1. le portrait de Batine
2. la révélation du secret
3. le branle-bas dans la maison
4. l'annonce d'un secret
5. l'éclatement du grand malentendu

Ordre : ... ...

2. Quelle peinture Batine pratique-t-il ?

A. une peinture figurative
B. une peinture abstraite
C. des portraits
D. des natures mortes
E. des paysages

Les illusions de Steve Farrell

1. Imaginez ce qu'on a pu raconter au directeur de la galerie du Texas... Le directeur de galerie américain croyait que Batine était :

A. une sorte de Noé hirsute
B. un vieil original, qui fait périodiquement un autodafé de ses œuvres
C. un bougre qui collectionne jalousement toutes ses œuvres depuis sa jeunesse
D. un vieux sage, débarrassé de tous biens matériels, qui contemple comme un enfant les couchers de soleil
E. un vieillard fou, tombé sous la coupe d'une grosse matrone

2. Il imaginait l'atelier du peintre :

A. perché au sommet d'un édifice rongé par les ans, éclairé par des lampes à huile, chaque pierre portant l'empreinte des siècles
B. situé au cœur d'un quartier populeux, habité par une population bigarrée
C. entretenu avec soin par le peintre
D. dans un désordre sordide et rempli de poules

3. Il a fait le voyage dans l'espoir de :

A. découvrir un génie méconnu
B. réussir un coup médiatique
C. réaliser des images exotiques et pittoresques au goût des Américains
D. accomplir une bonne action en faveur du peintre et de ses voisins

Batine est un homme heureux

1. De quoi son bonheur est-il fait ?

A. d'agaceries à l'égard de Wadiha
B. de peinture
C. de bonne nourriture
D. de méditations devant le coucher du soleil
E. de liberté, d'indépendance
F. des flammes qui s'élèvent de ses toiles quand il les brûle
G. d'une vie matérielle confortable

2. Pour vous, Batine est-il :

A. un « vieux fou »
B. un « pauvre maboul »
C. un « doux dingue »
D. un « vieux sage »

Dernières parutions

ASIMOV
Le Club des Veufs noirs (314)

BAUM (L. FRANK)
Le Magicien d'Oz (315)

CARRIÈRE (JEAN-CLAUDE)
La Controverse de Valladolid (164)

« C'EST À CE PRIX QUE VOUS MANGEZ DU SUCRE... » Les discours sur l'esclavage d'Aristote à Césaire (187)

CEUX DE VERDUN
Les écrivains et la Grande Guerre (134)

CHEDID (ANDRÉE)
Le Message (310)

CHRÉTIEN DE TROYES
Lancelot ou le Chevalier de la charrette (116)
Perceval ou le Conte du graal (88)
Yvain ou le Chevalier au lion (66)

CLAUDEL (PHILIPPE)
Les Confidents et autres nouvelles (246)

COLETTE
Le Blé en herbe (257)

CRIME N'EST JAMAIS PARFAIT (LE)
Nouvelles policières 1 (163)

DUMAS
Pauline (233)

FAIRE VOIR : QUOI, COMMENT, POUR QUOI ?
Anthologie (320)

FERNEY (ALICE)
Grâce et dénuement (197)

GRUMBERG (JEAN-CLAUDE)
L'Atelier (196)

HOMÈRE
L'Odyssée (125)

HUGO
Ruy Blas (243)

MME DE LAFAYETTE
La Princesse de Clèves (308)

LA FONTAINE
Le Corbeau et le Renard et autres fables – *Nouvelle édition des* Fables (319)

LAROUI (FOUAD)
L'Oued et le Consul et autres nouvelles (239)

LE FANU (SHERIDAN)
Carmilla (313)

MAUPASSANT
Le Horla (11)
Le Papa de Simon (4)
Toine et autres contes normands (312)

MÉRIMÉE
Carmen (145)
Mateo Falcone. Tamango (104)

MOLIÈRE
Le Bourgeois gentilhomme (133)
George Dandin (60)
Le Médecin volant. La Jalousie du Barbouillé (242)

MONTESQUIEU
Lettres persanes (95)

NOUVELLES DE FANTASY 1 (316)

NOUVELLES FANTASTIQUES 2
Je suis d'ailleurs et autres récits (235)

PERRAULT
Contes – *Nouvelle édition* (65)

PIRANDELLO
Donna Mimma et autres nouvelles (240)

PRÉVOST
Manon Lescaut (309)

RISQUE ET PROGRÈS
Anthologie (258)

ROUSSEAU
Les Confessions (238)

STOKER
Dracula (188)

SURRÉALISME (LE)
Anthologie (152)

TROIS CONTES PHILOSOPHIQUES
(Diderot, Saint-Lambert, Voltaire, 311)

VOLTAIRE
Zadig – *Nouvelle édition* (30)

WESTLAKE (DONALD)
Le Couperet (248)

Les classiques et les contemporains dans la même collection

ANDERSEN
La Petite Fille et les allumettes et autres contes (171)

APULÉE
Amour et Psyché (2073)

ASIMOV
Le Club des Veufs noirs (314)

AUCASSIN ET NICOLETTE (43)

BALZAC
Le Bal de Sceaux (132)
Le Chef-d'œuvre inconnu (2208)
Le Colonel Chabert (2007)
Ferragus (48)
La Maison du chat-qui-pelote (2027)
La Vendetta (28)

BARBEY D'AUREVILLY
Les Diaboliques – Le Rideau cramoisi, Le Bonheur dans le crime (2190)

BARRIE
Peter Pan (2179)

BAUDELAIRE
Les Fleurs du mal (2115)

BAUM (L. FRANK)
Le Magicien d'Oz (315)

LA BELLE ET LA BÊTE ET AUTRES CONTES (90)

BERBEROVA
L'Accompagnatrice (6)

BERNARDIN DE SAINT-PIERRE
Paul et Virginie (2170)

LA BIBLE
Histoire d'Abraham (2102)
Histoire de Moïse (2076)

BOVE
Le Crime d'une nuit. Le Retour de l'enfant (2201)

BRADBURY
L'Heure H et autres nouvelles (2050)
L'Homme brûlant et autres nouvelles (2110)

CARRIÈRE (JEAN-CLAUDE)
La Controverse de Valladolid (164)

CARROLL
Alice au pays des merveilles (2075)

CHAMISSO
L'Étrange Histoire de Peter Schlemihl (174)

LA CHANSON DE ROLAND (2151)

CHATEAUBRIAND
Mémoires d'outre-tombe (101)

CHEDID (ANDRÉE)
L'Enfant des manèges et autres nouvelles (70)
Le Message (310)

CHRÉTIEN DE TROYES
Lancelot ou le Chevalier de la charrette (116)
Perceval ou le Conte du graal (88)
Yvain ou le Chevalier au lion (66)

CLAUDEL (PHILIPPE)
Les Confidents et autres nouvelles (246)

COLETTE
Le Blé en herbe (257)

COLLODI
Pinocchio (2136)

CORNEILLE
Le Cid (2018)

DAUDET
Aventures prodigieuses de Tartarin de Tarascon (2210)
Lettres de mon moulin (2068)

DEFOE
Robinson Crusoé (120)

DIDEROT
Jacques le Fataliste (317)
Le Neveu de Rameau (2218)
Supplément au Voyage de Bougainville (189)

DOYLE
Le Dernier Problème. La Maison vide (64)
Trois Aventures de Sherlock Holmes (37)

DUMAS
Le Comte de Monte-Cristo (85)
Pauline (233)
Les Trois Mousquetaires, t. 1 et 2 (2142 et 2144)

FABLIAUX DU MOYEN ÂGE (71)

LA FARCE DE MAÎTRE PATHELIN (3)

LA FARCE DU CUVIER ET AUTRES FARCES DU MOYEN ÂGE (139)

FERNEY (ALICE)
Grâce et Dénuement (197)

FLAUBERT
La Légende de saint Julien l'Hospitalier (111)
Un cœur simple (47)

GAUTIER
Le Capitaine Fracasse (2207)
La Morte amoureuse. La Cafetière et autres nouvelles (2025)

GOGOL
Le Nez. Le Manteau (5)

GRAFFIGNY (MME DE)
Lettres d'une péruvienne (2216)

GRIMM
Le Petit Chaperon rouge et autres contes (98)

GRUMBERG (JEAN-CLAUDE)
L'Atelier (196)

HOFFMANN
L'Enfant étranger (2067)
L'Homme au Sable (2176)
Le Violon de Crémone. Les Mines de Falun (2036)

HOLDER (ÉRIC)
Mademoiselle Chambon (2153)

HOMÈRE
Les Aventures extraordinaires d'Ulysse (2225)
L'Iliade (2113)
L'Odyssée (125)

HUGO
Claude Gueux (121)
Le Dernier Jour d'un condamné (2074)
Les Misérables, t. 1 et 2 (96 et 97)
Notre-Dame de Paris (160)
Poésies 1. Enfances (2040)
Poésies 2. De Napoléon Ier à Napoléon III (2041)
Quatrevingt-treize (241)
Le roi s'amuse (307)
Ruy Blas (243)

JAMES
Le Tour d'écrou (236)

JARRY
Ubu Roi (2105)

KAFKA
La Métamorphose (83)

LABICHE
Un chapeau de paille d'Italie (114)

LA BRUYÈRE
Les Caractères (2186)

MME DE LAFAYETTE
La Princesse de Clèves (308)

LA FONTAINE
Le Corbeau et le Renard et autres fables – *Nouvelle édition des* Fables (319)

LAROUI (FOUAD)
L'Oued et le Consul et autres nouvelles (239)

LE FANU (SHERIDAN)
Carmilla (313)

LEROUX
Le Mystère de la Chambre Jaune (103)
Le Parfum de la dame en noir (2202)

LOTI
Le Roman d'un enfant (94)

MARIE DE FRANCE
Lais (2046)

MATHESON (RICHARD)
Au bord du précipice et autres nouvelles (178)
Enfer sur mesure et autres nouvelles (2209)

MAUPASSANT
Boule de suif (2087)
Le Horla et autres contes fantastiques (11)
Le Papa de Simon et autres nouvelles (4)
La Parure et autres scènes de la vie parisienne (124)
Toine et autres contes normands (312)

MÉRIMÉE
Carmen (145)
Mateo Falcone. Tamango (104)
La Vénus d'Ille et autres contes fantastiques (2)

LES MILLE ET UNE NUITS
Ali Baba et les quarante voleurs (2048)
Le Pêcheur et le Génie. Histoire de Ganem (2009)
Sindbad le marin (2008)

MOLIÈRE
L'Avare (2012)
Le Bourgeois gentilhomme (133)
L'École des femmes (2143)
Les Femmes savantes (2029)
Les Fourberies de Scapin (10)
George Dandin (60)
Le Malade imaginaire (2017)
Le Médecin malgré lui (2089)
Le Médecin volant. La Jalousie du Barbouillé (242)
Les Précieuses ridicules (2061)

MONTESQUIEU
Lettres persanes (95)

MUSSET
Il faut qu'une porte soit ouverte ou fermée. Un caprice (2149)
On ne badine pas avec l'amour (2100)

OVIDE
Les Métamorphoses (92)

PASCAL
Pensées (2224)

PERRAULT
Contes – *Nouvelle édition* (65)

PIRANDELLO
Donna Mimma et autres nouvelles (240)
Six Personnages en quête d'auteur (2181)

POE
Le Chat noir et autres contes fantastiques (2069)
Double Assassinat dans la rue Morgue. La Lettre volée (45)

POUCHKINE
La Dame de pique et autres nouvelles (19)

PRÉVOST
Manon Lescaut (309)

PROUST
Combray (117)

RABELAIS
Gargantua (2006)
Pantagruel (2052)

RÉCITS DE VOYAGE
Le Nouveau Monde (Jean de Léry, 77)
Les Merveilles de l'Orient (Marco Polo, 2081)

RENARD
Poil de Carotte (2146)

ROBERT DE BORON
Merlin (80)

ROMAINS
L'Enfant de bonne volonté (2107)

LE ROMAN DE RENART (2014)

ROSNY AÎNÉ
La Mort de la terre (2063)

ROSTAND
Cyrano de Bergerac (112)

ROUSSEAU
Les Confessions (238)

SAND
Les Ailes de courage (62)
Le Géant Yéous (2042)

SAUMONT (ANNIE)
Aldo, mon ami et autres nouvelles (2141)
La guerre est déclarée et autres nouvelles (223)

SÉVIGNÉ (MME DE)
Lettres (2166)

SHAKESPEARE
Macbeth (215)
Roméo et Juliette (118)

SHELLEY (MARY)
Frankenstein (128)

STENDHAL
Vanina Vanini. Le Coffre et le Revenant (44)

STEVENSON
Le Cas étrange du Dr Jekyll et de M. Hyde (2084)
L'Île au trésor (91)

STOKER
Dracula (188)

SWIFT
Voyage à Lilliput (2179)

TCHÉKHOV
La Mouette (237)
Une demande en mariage et autres pièces en un acte (108)

TITE-LIVE
La Fondation de Rome (2093)

TOURGUÉNIEV
Premier Amour (2020)

TROYAT (HENRI)
Aliocha (2013)

VALLÈS
L'Enfant (2082)

VERNE
Le Tour du monde en 80 jours (2204)

VILLIERS DE L'ISLE-ADAM
Véra et autres nouvelles fantastiques (2150)

VIRGILE
L'Énéide (109)

VOLTAIRE
Candide (2078)
L'Ingénu (2211)
Jeannot et Colin. Le monde comme il va (220)
Micromégas (135)
Zadig – *Nouvelle édition* (30)

WESTLAKE (DONALD)
Le Couperet (248)

WILDE
Le Fantôme de Canterville et autres nouvelles (33)

ZOLA
L'Attaque du moulin. Les Quatre Journées de Jean Gourdon (2024)
Germinal (123)

Les anthologies dans la même collection

AU NOM DE LA LIBERTÉ
Poèmes de la Résistance (106)

L'AUTOBIOGRAPHIE (2131)

BAROQUE ET CLASSICISME (2172)

LA BIOGRAPHIE (2155)

BROUILLONS D'ÉCRIVAINS
Du manuscrit à l'œuvre (157)

« C'EST À CE PRIX QUE VOUS MANGEZ DU SUCRE... » Les discours sur l'esclavage d'Aristote à Césaire (187)

CEUX DE VERDUN
Les écrivains et la Grande Guerre (134)

LES CHEVALIERS DU MOYEN ÂGE (2138)

CONTES DE L'ÉGYPTE ANCIENNE (2119)

LE CRIME N'EST JAMAIS PARFAIT
Nouvelles policières 1 (163)

DE L'ÉDUCATION
Apprendre et transmettre de Rabelais à Pennac (137)

DES FEMMES (2217)

FAIRE VOIR : QUOI, COMMENT, POUR QUOI ? (320)

FÉES, OGRES ET LUTINS
Contes merveilleux 2 (2219)

LA FÊTE (259)

LES GRANDES HEURES DE ROME (2147)

L'HUMANISME ET LA RENAISSANCE (165)

IL ÉTAIT UNE FOIS
Contes merveilleux 1 (219)

LES LUMIÈRES (158)

LES MÉTAMORPHOSES D'ULYSSE
Réécritures de L'*Odyssée* (2167)

MONSTRES ET CHIMÈRES (2191)

MYTHES ET DIEUX DE L'OLYMPE (2127)

NOIRE SÉRIE...
Nouvelles policières 2 (222)

NOUVELLES DE FANTASY 1 (316)

NOUVELLES FANTASTIQUES 1
Comment Wang-Fô fut sauvé et autres récits (80)

NOUVELLES FANTASTIQUES 2
Je suis d'ailleurs et autres récits (235)

ON N'EST PAS SÉRIEUX QUAND ON A QUINZE ANS Adolescence et littérature (156)

PAROLES DE LA SHOAH (2129)

LA PEINE DE MORT
De Voltaire à Badinter (122)

POÈMES DE LA RENAISSANCE (72)

POÉSIE ET LYRISME (173)

LE PORTRAIT (2205)

RACONTER, SÉDUIRE, CONVAINCRE
Lettres des XVIIe et XVIIIe siècles (2079)

RÉALISME ET NATURALISME (2159)

RISQUE ET PROGRÈS (258)

ROBINSONNADES
De Defoe à Tournier (2130)

LE ROMANTISME (2162)

LE SURRÉALISME (152)

LA TÉLÉ NOUS REND FOUS ! (2221)

TROIS CONTES PHILOSOPHIQUES (311)
Diderot, Saint-Lambert, Voltaire

TROIS NOUVELLES NATURALISTES (2198)
Huysmans, Maupassant, Zola

VIVRE AU TEMPS DES ROMAINS (2184)

VOYAGES EN BOHÈME (39)
Baudelaire, Rimbaud, Verlaine

Création maquette intérieure :
Sarbacane Design.

Composition : IGS-CP.

GF Flammarion

08/07/139902-VII-2008 – Impr. MAURY Imprimeur, 45330 Malesherbes.
N° d'édition LO1EHRN000121C002. – Janvier 2007. – Printed in France.